Marc Palmer

Kalinka
Das tote Mädchen vom Bodensee

Kriminalroman

Impressum:

Deutsche Originalausgabe

Alle Rechte vorbehalten
Herstellung und Verlag:
BoD – Books on Demand, Norderstedt
www.bod.de

Copyright (Bild/Text): Marc Palmer
ISBN: 978-3-7386-2570-7
Nationaler und Internationaler Vertrieb:
Books on Demand GmbH

Deutsche Erstauflage: August 2015

MIX
Papier aus verantwortungsvollen Quellen
Paper from responsible sources
FSC® C105338

Für alle, die an die Gerechtigkeit glauben.

Zum Autor

„Marc Palmer" ist das Pseudonym eines Allgäuer Autors. Er hat in den letzten Jahren einige Sachbücher und drei Romane veröffentlicht. „Kalinka" ist sein vierter Kriminalroman. Für 2015 ist noch eine weitere Neuerscheinung geplant.

Hinweis

Dieses Buch ist ein Roman. Die Geschichte ist zwar wahr, einige Details wurden trotzdem dazu erfunden. Manche Abläufe konnten nie endgültig geklärt werden. Ähnlichkeiten mit noch lebenden Personen sind ebenfalls rein zufällig. Bis auf einige wenige Personen (Kalinka und ihre direkten leiblichen Verwandten) wurden aus rechtlichen und persönlichen Gründen die Namen der meisten Protagonisten geändert. Auch der Nachname von Kalinka, ihres Vaters und der unmittelbaren Verwandten wurde verändert.

Einige wenige Schauplätze wurden aus dramaturgischen Gründen dazu erfunden oder geändert. Das Gleiche gilt für einige Firmennamen, Personen in diesen Firmen, Praxen, Ärzte, Kliniken und Hotels.

Vorwort des Autors

„Kalinka" zählt zu den spektakulärsten Kriminalfällen der letzten Jahrzehnte. Bis zur Verhaftung des vermeintlichen Täters vergingen fast drei Jahrzehnte. Da trotz dicker Aktenberge und unzähliger Prozesse einiges nicht vollständig geklärt werden konnte, erlaubte ich mir in einigen Kapiteln einige „künstlerische Freiheiten". Das betrifft insbesondere die Nacht des Todes von Kalinka und der achtundvierzig Stunden zuvor. Einige Abläufe konnten nur aufgrund diverser Zeugenaussagen beschrieben werden. Manche werden sich fragen, warum ich nicht die realen Namen der Beteiligten verwendet habe. Einige Personen, mit denen ich im Vorfeld Kontakt aufgenommen hatte, baten mich darum. Einige Beteiligte leben auch nicht mehr, und die Nachkommen und Überlebenden dieser Personen wollten mehrheitlich auch keine reale Namenserwähnung. Deshalb habe ich das zu berücksichtigen und bitte um Ihr Verständnis. Im Nachwort äußere ich mich ebenfalls nochmals dazu.

Marc Palmer

PROLOG

Juli 1982, Lindau am Bodensee (Deutschland).

Es war an einem heißen Sommertag, als das Leben eines jungen, unbekümmerten Mädchens tragisch endete. Kalinka war am 9. Juli vierzehn Jahre alt, am 5. August hätte sie ihren fünfzehnten Geburtstag gefeiert. Für ihr Alter war sie schon reif und hochgewachsen, die fraulichen Züge nahmen immer konkretere Formen an, deshalb zog sie immer mehr männliche Blicke auf sich. Für sie selbst waren Jungen noch nicht so interessant wie umgekehrt, deshalb schenkte sie ihnen keine große Beachtung, zumindest nicht, wenn es um das Erobern und Flirten ging. Ihr lockiges, blondes Haar, das ihr häufig ein wenig zerzaust in die Stirn hing, verlieh ihr zudem eine gewisse Lässigkeit, die auch den ein oder anderen bewundernden Blick auf sich zog. Bis zu jenem unheilvollen schwülen Sommertag, an dem ein mysteriöses „Unglück" so unerwartet ihre glückliche Kindheit beendete. Sie lebte an zwei Wohnorten zu dieser Zeit, weil sich ihre leiblichen Eltern Ende der siebziger Jahre trennten, was sie anfänglich nicht verstand. „Schuld" daran war ein attraktiver deutscher Arzt, der 1974, als sie noch in Marokko lebten, auf einem Elternabend ihrer hübschen Mutter begegnete. Obwohl ihre Mutter bis dahin eine glückliche Ehe führte, erlag sie dem Charme und der Unnachgiebigkeit dieses hartnäckigen Mannes. Ihr späterer, zukünftiger Stiefvater Dieter war immer sehr zielstrebig gewesen, nicht nur im Berufsleben. Gezwungenermaßen pendelte sie dann zwischen zwei Familien und zwei Ländern mit ihrem Bruder hin und her. Ihrem leiblichen Vater Andre war das natürlich gar nicht recht, aber ihre Mutter bestand darauf, sonst hätte es nur unnötige Konflikte gegeben. Anfänglich störte sie es auch gewaltig, aber sie lernte sehr schnell die deutsche Sprache und fand auch Freunde in Lindau. Vor allem ihre liebe Freundin Corinna, die nicht weit weg von der Villa ihres Stiefvaters mit ihrer Familie lebte. Sie waren bald unzertrennlich und ein Herz und eine Seele. Auch Corinnas Eltern liebten die unkomplizierte und lustige Kalinka, die bald schon wie zur Familie gehörte. Seitdem war das Mädchen ein „Zwei-Staaten-Kind", immer in der Hoffnung, beiden Elternteilen alles recht zu machen. Ihr leiblicher Vater Andre kam selten mit an den Bodensee, zumindest nie mit ihr. Als Nachkriegskind und polnischer Auswanderer mochte er die Deutschen nicht besonders, und jetzt hatte ausgerechnet ein deutscher Internist ihm auch noch seine Frau ausgespannt und das Familienglück zerstört. Bevor sie sich Ende der Siebziger in Frankreich niederließen, hatten sie ein schönes Domizil in Casablanca, wo Kalinka auch zur Welt kam. Nach den Avancen des Dr. Erding in Marokko half ihrem Vater auch die Rückkehr nach Frankreich nichts, um die Ehe zu retten. Aus der Liebschaft ihrer Mutter wurde eine Daueraffäre, und dann Liebe. Glaubten Kalinka und ihr Bruder Nicolas zumindest. Nach anfänglichem Zögern fuhr sie nach einem halben Jahr sehr gern an den Bodensee, auch konnte sie hier ihrer Leidenschaft, dem Surfen, frönen, was ihr daheim in dem kleinen Dorf bei Toulouse nicht möglich war. Es gab viele Dinge, die ihr wichtig waren, vor allem auch eine gute

Harmonie zu beiden Elternteilen und auch zu ihrem neuen Stiefvater Dieter. Doch nichts von alledem konnte sie auf das vorbereiten, was an diesem lauen Sommerabend geschehen sollte, als einige merkwürdige Umstände dieses junge Leben auf grausame Weise zerstörten.

1. Kapitel

Lindau (Deutschland), 9. Juli 1982, 9.30 Uhr.

Es war an einem dieser sonnigen, schwülen Tage, wie es sie am Bodensee häufig gab. Freitagmorgens herrschte an der Promenade des „Schwäbischen Meeres", wie es gern von den Einheimischen genannt wird, jede Menge Trubel. Jetzt in der zweiten Juliwoche war die Region am stärksten besucht in der ganzen Jahreszeit. Aufgrund der Sommerferien und der vielen Tagesgäste aus nah und fern ging es zu wie an der italienischen Adria. Bodensee-Liebhabern gefiel es hier natürlich noch viel besser. Kalinka Bamberg war seit einer Woche mit ihrem Bruder in der Villa ihres Stiefvaters, und sie planten, wie das Jahr zuvor, bis Ende Juli noch in Lindau zu bleiben. Die restlichen vierzehn Tage wollten sie mit ihrem leiblichen Vater in Frankreich verbringen. Nachdem Kalinka im Sommer zuvor die ersten Surfversuche am Bodensee genossen hatte, wollte sie diesen Sommer den Grundschein in Lindau absolvieren. Ihre Freundin Corinna konnte sie auch dafür begeistern. Kurz nach halb zehn radelten Corinna und ihre Mutter Sonja ans Gartentor der Villa. Kalinka sah sie schon vom Fenster der Küche, schmiss noch einen Liter Apfelschorle in die Badetasche und stürmte aus dem Haus. Ihr altes Fahrrad lehnte an der Hauswand und sie schob es zu den beiden Wartenden hinaus. „Hallo Corinna, hallo Frau

Brugger", rief sie und fiel beiden um den Hals. „Hallo Kalinka. Na, alles klar heut mit dem Surfkurs-Abschluss?", fragte Sonja Brugger und strich ihr über das Haar. „Klar, kein Problem. Heute in fünf Stunden haben Corinna und ich den Schein in der Tasche."

Dem wollte Sonja nicht widersprechen. Sie wusste aufgrund der Erzählungen ihrer Tochter, dass vor allem Kalinka ein Supertalent war und surfte, als hätte sie bereits vor zehn Jahren damit begonnen. Das war zwar nicht so, aber ihre ersten Versuche hatte sie als Zehnjährige noch in Marokko unternommen, deshalb war sie allen Teilnehmern des Kurses, zumindest was die Praxis betraf, um einige Längen voraus. Nur für die Theorie büffelte sie noch am frühen Morgen. Kalinka klemmte die Badetasche auf den Gepäckträger, und dann fuhren sie zum knapp ein Kilometer entfernten Strandbad, wo an einem abgeschirmten Bereich die Surfschule ihren Platz hatte. Um zehn Uhr standen die letzten beiden Praxisstunden auf dem Programm, bevor am frühen Nachmittag die Prüfung war. Außer Kalinka und ihrer Freundin waren noch weitere sechs Kursteilnehmer dabei. Die jüngste elf, und der älteste Teilnehmer war bereits stolze siebenundsechzig Jahre alt. Die anhaltende Hitze und die hohen Temperaturen seit vier Wochen hatten auch das Seewasser auf mittlerweile rekordverdächtige siebenundzwanzig Grad ansteigen lassen. Und ein Ende der Hitzewelle war nicht in Sicht. Deshalb surften auch alle Teilnehmer in ihrer Badebekleidung, einzig und allein der schwache Wind trübte etwas das Vergnügen. Während die Mädels und die anderen Kursteilnehmer erste Startversuche unternahmen, spannte Sonja Brugger ihren Sonnenschirm auf und breitete ihre Decke auf dem schon leicht vertrockneten Rasen aus. Jetzt um zehn waren noch genügend freie Plätze im Strandbad zu bekommen, was sich schlagartig ändern konnte, wenn die Langschläfer und Tagesgäste die Bäder stürmten, was meistens mittags der Fall war.

Fünf Stunden später, als es Sonja Brugger gelang, trotz der großen Hitze unter dem Schirm zu schlafen, hörte sie eine freudestrahlende Stimme, die sie wieder weckte.

„Mami, wir haben's geschafft. Wir sind fertig."

„Und? Habt ihr beide die Prüfung geschafft?"

„Klar, wir waren die besten. Nur Patrick ist in der Theorie durchgefallen. Die muss er nochmal wiederholen."

„Na, dann habt ihr euch ja eine Belohnung redlich verdient. Wo ist denn Kalinka?"

„Sie surft noch draußen, weil der Wind etwas stärker geworden ist."

Eine halbe Stunde später lag sie dann auch bei den beiden. Erschrocken sah Sonja ihre roten Schultern an.

„Kalinka, deine Schultern schauen ja gar nicht gut aus. Hast du die Creme mit dem hohen Lichtschutzfaktor nicht genommen?"

„Doch, aber erst mittags. Wahrscheinlich war das zu spät."

„Ich tue dir eine kühlende ‚After-Sun' drauf. Aber sonst geht's dir gut?"

„Ja bestens. Leicht entkräftet, aber ich leg mich jetzt eine

Stunde hin, dann bin ich wieder fit."

„Ja, mach das. Ich geh derweil ins Wasser."

Bis halb sechs blieben sie noch im Strandbad, bis ihnen Sonja Brugger einen Vorschlag machte.

„Hört mal, Mädls. Ich hab euch ja versprochen, dass ihr eine kleine Belohnung erhaltet für einen erfolgreichen Kurs-Abschluss."

„Ja? Was bekommen wir denn?", fragten beide wie aus einem Munde.

„Wir packen in zehn Minuten unsere Sachen, fahren auf die Insel und essen ein Eis. Danach gehen wir ins Open-Air-Kino am Marktplatz. Habt ihr Lust dazu?"

„Super!", schrien beide. „Da kommt doch ‚Grease 2', oder?", fragte Kalinka.

„Ja, der ist bestimmt gut. Mir hat schon der erste Teil so gut gefallen", bekräftigte Corinna.

Kurz darauf zogen sie sich um und packten ihre Sachen zusammen. Beide Mädchen hatten eine Urkunde bekommen, die Sonja sorgfältig in der Satteltasche ihres Fahrrades verstaute. Dann brachen sie auf. Der Radweg zur Altstadt-Seite der Inselstadt war übersät mit Skatern, Spaziergängern und Zweirädern. Lindau war ein beliebtes Ziel für Radler, und vor allem im Sommer umrundeten viele Urlauber in mehreren Tages-Etappen den großen Bodensee. Fünfzehn Minuten vor sechs saßen sie an der großen Hafenpromenade und ergötzten sich nicht nur am guten Eis, sondern auch an der prächtigen Alpenkulisse und dem herannahenden Sonnenuntergang. Sie beobachteten das rege Treiben und die Menschenmassen, die sich an ihnen vorbeischlängelten. Als die Sonne eine Stunde später hinter dem Alpenkamm verschwand und es langsam dunkler wurde, begaben sie sich Richtung Freiluft-Kino. Der Andrang hielt sich in Grenzen, viele zogen doch bei dem lauen Sommerabend den Biergarten oder das Grillen im Garten vor. Als es noch nicht ganz dunkel war, begann ein kurzer Vorfilm, kurz darauf Werbung, bevor um Viertel nach acht der Hauptfilm startete. Alle drei amüsierten sich köstlich und tanzten zeitweise bei den flotten Rhythmen des Tanzfilms mit. Während des Films fiel es Sonja Brugger auf, dass Kalinka manchmal zitterte, trotz der immer noch hochsommerlichen Temperaturen von bestimmt achtundzwanzig Grad. Hatte sie sich einen Sonnenstich geholt? Sie holte ihre Windjacke aus der Tasche und legte sie ihr über ihre Schultern, sprach sie aber nicht darauf an. Hoffentlich machte Dr. Erding, ihr Stiefvater, ihr diesbezüglich keine Vorwürfe später. Aber vielleicht war es ja auch nur ein kurzzeitiger Anfall. Jedenfalls ließ sich Kalinka nichts davon anmerken und genoss den Film. Kurz vor zweiundzwanzig Uhr war der Film zu Ende, und sie radelten gut gelaunt zur Villa der Erdings. Bei dem Abschied fielen sie sich alle nochmals um den Hals und beschlossen, sonntags mit den Rädern nach Friedrichshafen zu radeln. Nur, es sollte kein nächstes Mal geben, denn es waren ihre letzten gemeinsamen Stunden.

2. Kapitel

Freitagabend. Wenige Minuten später.

Danielle Bamberg kam gegen zweiundzwanzig Uhr fünfundvierzig vom Grillfest der Nachbarn und öffnete leicht beschwingt die Haustür. Ihr Mann Dieter hatte bereits kurz nach einundzwanzig Uhr den Heimweg wieder angetreten, da er, wie er ihr kurz davor ins Ohr flüsterte, seinen „lallenden" Nachbarn Max nicht mehr ertragen konnte. Außerdem quatschte ihm Max immer viel zu viel über Fußball, was Dieter gar nicht mochte, zumal auch das Endspiel der Fußball-Weltmeisterschaft am Sonntag war. Ein weiterer Grund war Nicolas, der müde war und den Dieter ins Bett bringen wollte. Der Kleine war beim Grillen dabei und hatte schon häufig gegähnt. Danielle war eine blonde, bildhübsche Frau mit knapp eins siebzig und lockigem, langem Haar. Ihre Figur war makellos und leicht gebräunt. Wenn sie beim Baden am Bodensee lag, war sie immer ein Blickfang für alle Altersgruppen. Sie war nicht sauer, als die beiden früher aufbrachen, obwohl sie aufgrund der Blicke wusste, dass ihr Nachbar ein Auge auf sie geworfen hatte. Trotzdem, einen mürrischen Ehemann an ihrer Seite konnte sie absolut nicht vertragen, deshalb war sie froh, als Dieter vor ihr das Grillfest verließ. Als sie daheim ankam und leise aufsperrte, war es mucksmäuschenstill. Wahrscheinlich schliefen schon alle. Nein, da war doch was. Eine Tür wurde zugemacht. Kalinkas Tür? War sie doch noch auf? Danielle und ihr Mann schliefen unten. Kalinka und Nicolas hatten je ein eigenes Zimmer einen Stock höher. Sie schaltete die Beleuchtung für den Treppengang ein und sah ihren Mann, der auf der obersten Stufe stand und sie entgeistert anstarrte.

„Du?", flüsterte er so leise, dass sie ihn kaum verstand. „Du kommst schon so früh, Danielle? Dachte, du bleibst noch bis weit nach Mitternacht?"

„Nein, ich war müde und hatte keine Lust mehr. Du wirkst ja sehr überrascht, dass ich schon komme. Habe ich dich bei irgendwas gestört?"

„Gestört? Quatsch! Es hätte ja auch ein Einbrecher sein können."

„Nein, Glück gehabt. ‚Nur' ich bin es. Schlafen die beiden Kinder schon?"

„Ja. Nicolas gleich nachdem ich ihn ins Bett brachte. Kalinka erst seit ein paar Minuten. Ihr ging es nicht so gut."

„Weshalb?"

„Ihr war etwas schwindlig. Ich glaube, sie hatte Kreislaufprobleme."

„Du glaubst? Na, wenn du dir als Arzt nicht mal sicher bist, wer soll es dann wissen?", meinte sie leicht spöttisch.

„Kein Grund, sarkastisch zu werden. Es ist ziemlich sicher der Kreislauf, hervorgerufen durch zu viel Sonne."

„Zu viel Sonne?"

„Ja. Sie war zu schlecht eingecremt, sie hatte auch gerötete Schultern. Deshalb hat sie vermutlich einen Sonnenstich, sie hätte nach dem Surfen am besten gleich heimgehen sollen. Sie sind aber ins Kino. Das Open-Air am Marktplatz. Sonja hätte ja eigentlich sehen müssen, dass sie nicht ganz in Ordnung ist."

„Und hast du ihr Tabletten gegeben?"

„Nein, eine Spritze."

„Warum gleich eine Spritze?"

„Danielle! Bin ich hier der Arzt oder du?", antwortete er gereizt.

„Entschuldigung. Man wird ja wohl noch fragen dürfen."

„Schon gut, ich weiß, was ich mache. Ich habe ihr ein Beruhigungsmittel gespritzt, weil sie auch etwas zitterte und hohen Blutdruck hatte. Aber morgen ist sie wieder fit."

„Na hoffentlich", meinte sie etwas besorgt. „Dein Wort in Gottes Ohr." Dann drehte sie ab, wendete sich dann aber plötzlich blitzartig erneut nach ihm um. Er stand immer noch wie angewurzelt auf der obersten Treppenstufe.

„Dieter?", fragte sie leicht zögerlich.

„Ja, was gibt's noch?"

„Eine Bitte, wenn du nochmals zu Kalinka reingehst."

„Ja? Welche denn?"

„Mach doch bitte deinen Hosenladen zu. Was soll bloß das Mädchen von dir denken, wenn sie dich so sieht!"

3. Kapitel

10. Juli, 8.15 Uhr. Circa neun Stunden später.

Kurz nach acht stand Danielle auf und sah den strahlenden Sonnenschein, trotz geschlossener Vorhänge im Schlafzimmer. Ihr Mann schnarchte leise vor sich hin und schien noch tief und fest zu schlafen. Sie zog sich ihren weißen BH an, der auf der Kommode lag, dazu ein buntgemustertes Sommerkleid und braune Sandaletten. Dann schminkte sie sich kurz und strich mit der Bürste durch ihr volles blondes Haar. Knapp fünfzehn Minuten später ging sie wieder ins Schlafzimmer.

„Schatz, ich lauf mal zum Bäcker." Sie zog die Vorhänge auf und sah, dass ihr Mann sich regte. „Aufstehen Faulpelz, es ist ein Traumwetter draußen!"

„Wie spät?", murmelte er schlaftrunken.

„Gleich halb neun. Du musst Kalinka dann wecken, wenn ich weg bin. Sie wollte doch mit den Bruggers nach Friedrichshafen radeln."

„Okay, mach ich. Wann kommst du wieder?"

„In dreißig bis fünfundvierzig Minuten, je nachdem wie viel beim Bäcker los ist."

„Dann nimm mir noch eine Schachtel Marlboro mit."

„Okay, bis gleich dann."

Danielle hängte sich ihre Handtasche um, schnappte sich

einen kleinen Beutel, nahm ihre Sonnenbrille vom Tisch und ging aus dem Haus. Der Bäcker, bei dem sie öfter einkaufte, lag etwa einen halben Kilometer von ihrem Haus entfernt. Er war beliebt und bekannt, deshalb war sie nicht überrascht, als sie knapp zehn Minuten später einen vollen Laden vorfand. Obwohl die drei Verkäuferinnen sehr flink waren, dauerte es fast eine Viertelstunde, bis sie drankam. Sie kaufte je fünf Brezen, Sesamsemmeln und Croissants, die Nicolas so gern mochte. Am Automaten zog sie eine Schachtel Zigaretten, obwohl ihr unverständlich war, warum ihr Mann ausgerechnet als Arzt rauchte. Aber er war sehr dickköpfig und ließ sich ungern belehren. Auf dem Rückweg sah sie an einer Plakatwand, dass in Kürze ein Zirkus in Lindau gastierte, und beschloss, die Kinder zu fragen, ob sie dahin gehen wollten. Die Sonne schien wie am Tag zuvor fast wolkenlos vom Himmel, die Berge schienen zum Greifen nahe. Heute am Samstag würde der Trubel in der Region noch größer sein als am Vortag. Als sie zehn vor halb zehn wieder an der Villa ankam, war sie überrascht, als sie einen goldfarbenen Opel Calibra sah. Sie wusste, dass das Fahrzeug Dr. Herbert Gerlach gehörte, einem befreundeten Kollegen ihres Mannes. Hatten die beiden heute noch was vor, von dem sie noch nichts wusste? Vielleicht hatte er sich ja nur unangemeldet selbst zum Frühstück eingeladen. Seit der Trennung von seiner Frau Erika kam er öfter auf solche Ideen. Aber heute war es irgendwie anders, es beschlich sie ein unbehagliches Gefühl, als sie das Haus wieder betrat. Als sie im Haus war, ging sie in die Küche und stellte den Beutel ab.

„Dieter? Herbert? Seid ihr auf der Terrasse?"

Kein Laut war zu hören. Sie trat auf die Terrasse, keiner saß auf den Stühlen. Wo waren die zwei?

„Danielle!"

Dieters Stimme. Wie am späten Abend zuvor stand er wieder auf der Treppe und sah sie aus glasigen, fast entsetzten und weit aufgerissenen Augen an.

„Was ist los? Was schaust du so furchtbar?"

Er sah sie an, öffnete den Mund, blieb aber stumm.

„Sag was, verdammt!" Dann kam ihr die Erkenntnis.

„Kalinka!", brüllte sie auf einmal aus voller Leibeskraft. Dann stürmte sie die Treppen hoch und nahm gleich drei Stufen auf einmal. Kurz bevor sie vor ihm war, wäre sie beinahe noch ausgerutscht. Er fing sie ab.

„Danielle."

„Lass mich los, ich will zu meiner Tochter."

Dann stand sie auf der Türschwelle und sah Dr. Herbert Gerlach, auf dem Bett sitzend, mit einer Hand auf Kalinkas Brust. Der Anblick traf sie wie ein Keulenschlag, sie zitterte wie Espenlaub. Ihre Tochter lag zur Decke starrend, unter lauter Erbrochenem! Die Haut von Kalinka war noch blasser als sonst, und Tränen stiegen Danielle in die Augen.

„Mein Gott! Kalinka! Was ist mit ihr?"

„Danielle", begann Gerlach und blickte sie finster an. „Es tut mir sehr leid, ich sagte Dieter schon, er soll die Polizei rufen."

„Warum?", schrie sie hysterisch. „Ist sie bewusstlos?"

„Danielle, sie ist tot!"

4. Kapitel

Lindau (Deutschland). Drei Stunden später.

Danielle konnte auch Stunden später immer noch nicht fassen, was passiert war. Immer wieder fragte sie Dr. Gerlach und ihren Mann, wie das Unfassbare geschehen konnte. Dann brach sie mit einem Weinkrampf zusammen. Ihr Mann versuchte, sie zu beruhigen und ihr zu vermitteln, dass sie alles Mögliche getan hätten, um das Leben des Mädchens zu retten. Aber weder eine Spritze noch eine Wiederbelebungsmaßnahme hätten geholfen. Und dann hatte sie eine weitere schwere Aufgabe vor sich: Sie musste es Nicolas und ihrem Ex-Mann beibringen.

Als sie um elf Uhr fünfzehn auf Nicolas Zimmer ging, sah er sie mit geröteten Augen an. Dieter hatte ihm um zehn Uhr bereits mitgeteilt, dass „etwas passiert" sei, brachte es aber laut eigener Aussage nicht übers Herz, ihm Kalinkas Tod zu „vermitteln". Er sprach nach eigenen Aussagen nur von einem Unglück, und dass er später erfahren werde, was mit seiner Schwester geschehen war.

„Nicolas, du musst jetzt ganz stark sein", begann sie stockend und strich ihm über das Gesicht.

„Mama, was ist mit Kalinka? Warum steht sie nicht mehr auf?"

„Sie hatte gestern Probleme mit dem Kreislauf, und die Arznei, die sie bekam, hat sie anscheinend nicht vertragen."

Sie stockte und nahm seinen Kopf behutsam in ihre Hände. „Deine Schwester … schläft für immer."

Mit weinenden Augen sah er sie an. „Nein, das kann nicht sein. Gestern hat sie sich doch noch so gut gefühlt."

„Mein Junge, es gibt Dinge, die weiß nur der liebe Gott. Und den können wir leider nicht fragen. Aber da, wo sie jetzt ist, geht es ihr auch gut, und wir werden sie trotzdem immer bei uns haben, aber im Herzen und in unserer Erinnerung."

Sie wusste sich mit keinen anderen Worten zu helfen und zog ihn an sich. Als er von einem Weinkrampf geschüttelt wurde, küsste sie ihn auf die Stirn und verließ das Zimmer. Mit seinen elf Jahren würde er lange brauchen, bis er darüber hinweg war. Dann lief sie in den Flur, wo das Telefon stand. Sie war froh, dass sie jetzt ihrem Ex-Mann nicht von Angesicht zu Angesicht gegenüberstand. Das hätte vermutlich unberechenbare Folgen gehabt. Aber ihm es auch nur am Telefon zu sagen, war auch schon eine große Überwindung. Als sie das Tastentelefon betätigte, nahm er um halb zwölf, nach dem fünften Freizeichen ab.

„Bamberg", meldete er sich mit seiner sonoren, dunklen Stimme.

„Hallo Andre, ich bin's Danielle."

„Guten Tag, lebst du auch noch?"

Das letzte Gespräch hatten sie aufgrund der Kinder vor vier Monaten geführt. Dass er nicht fragte, wie es ihr ging, war sie gewohnt.

„Ja, wie du hörst. Wie geht es dir?"

„Es geht. Was machen die Kinder?"

„Andre, ich habe eine traurige Nachricht."

„Warum? Was ist passiert? Ist was mit den Kindern?"

Sie zögerte, weil sie einen Kloß im Hals hatte.

„Warum sagst du nichts?", klang er erregter.

„Andre, Kalinka hatte einen …", sie räusperte sich, „einen Unfall."

„Einen Unfall? Sag mir sofort, was mit ihr ist", antwortete er eine Oktave höher mit Nachdruck.

„Ihr ging es gestern nach dem Surfen nicht gut, sie war zu viel in der Sonne."

„Und dann?", schrie er. „Lass dir nicht jedes Wort aus der Nase rausziehen, verdammt!"

„Dieter", sagte sie leise, „hat ihr dann abends Arznei gegeben. Vermutlich hat sie die nicht vertragen."

„Und jetzt liegt sie im Bett? Muss sie ins Krankenhaus?"

„Nein Andre. Sie ist … tot."

Kein Laut war mehr zu vernehmen, bis sie hörte, dass er zu weinen anfing.

„Das kann nicht sein", schluchzte er. „Sie war gesund und fit, du lügst mich an."

„Nein, Andre, es stimmt leider. Dr. Gerlach war vor drei Stunden hier. Eine Wiederbelebung hat nicht mehr geholfen, er konnte nur noch ihren Tod feststellen. Er meinte, sie ist in den frühen Morgenstunden aufgrund eines Herz-Kreislauf-Versagens gestorben."

Erneut war kein Ton zu hören, bis er sich wieder fasste und fragte: „Was ist mit Nicolas? Weiß er es?"

„Ja, ich habe es ihm vor einer halben Stunde gesagt, er ist genauso erschüttert wie wir."

„Wie wir? Du wirkst sehr gefasst. Ich wusste es immer, dass deine Beziehung zu diesem Kerl ein böses Ende nimmt, und jetzt hat's Kalinka getroffen."

„Andre, er kann nichts dafür. Er mochte Kalinka wie seine eigene Tochter."

„Ich werde so schnell es geht nach Lindau kommen."

„Warum?"

„Ich werde Nicolas holen und mit der Polizei sprechen. Ich glaube nicht, was ich da von dir zu hören kriege."

„Die Leiche wird obduziert, dann werden wir die Details erfahren, Andre."

„Ja, und wenn ich rauskriege, dass dein Mann damit was zu tun hat, ist er fällig. Dann jage ich ihn, bis er im Knast sitzt, das schwöre ich dir!"

Dann knallte er den Hörer auf.

5. Kapitel

Toulouse in Frankreich, 12. Juli 1982.

Mit stechenden Kopfschmerzen wachte Andre Bamberg am Montagmorgen in seinem Schlafzimmer gegen acht Uhr auf. Seit der Rückkehr aus Marokko war der Fünfundvierzigjährige wieder als Buchhalter in einer Steuerkanzlei in Toulouse tätig. Er war eine gepflegte Erscheinung mit vollen, leicht ergrauten Haaren. Seit der Trennung von seiner Frau Ende der Siebziger hatte er nur zwei Affären gehabt, aber keine feste Partnerin mehr. Er versuchte für seine beiden Kinder, die ihm das Wichtigste auf der Welt waren, ein guter Vater zu sein. Die heile Welt war aufgrund der Trennung schon seit einigen Jahren nicht mehr in Ordnung, aber jetzt war sie für ihn, nach der Todesmitteilung von Kalinka, vollständig zerbrochen. Als er diesem Arzt vor fünf Jahren in Marokko in die Augen sah, wusste er, dass von ihm nichts Gutes ausging. Dazu waren seine Menschenkenntnisse zu gut. Aber seine Frau, die dumme Kuh, fiel auf diesen Schürzenjäger rein und machte damit die Ehe kaputt. Und jetzt dieser angebliche Unfall mit seiner Tochter, das konnte nur seine leichtgläubige Frau glauben. Sie hatte nicht einmal bemerkt, dass Erding in Marokko jedem Rockzipfel hinterhergaffte, sogar bei blutjungen Mädchen. Aber nicht mit ihm! Er würde alles daransetzen, den Vorfall aufzuklären, auch wenn er neunhundert Kilometer von Lindau entfernt wohnte.

Er griff sich an seine Stirn, seine Schläfen pochten. Gestern hatte er seine Trauer in Whiskey ertränkt. Nur seinem besten Freund Pierre hatte er am Abend von dem Todesfall erzählt. Aber er war sich sicher, dass spätestens morgen der Tod von seiner Tochter auch in der französischen Presse Beachtung finden würde. Momentan beherrschte ein anderes Großereignis die fetten Schlagzeilen: die Fußball-Weltmeisterschaft. Gestern verlor die französische Nationalmannschaft gegen die Italiener im Endspiel. Seitdem gab es eine halbe Staatstrauer im Land, nur aufgrund der Niederlage. Aber ihn interessierte Fußball nur am Rande, schließlich war er auch kein gebürtiger Franzose, vielleicht war er deshalb nicht so pazifistisch wie seine (Fast-)Landsleute. Jetzt galt seine Trauer etwas bedeutend Wichtigerem, einem Menschenleben! Und seine Tochter liebte er über alles, genauso wie seinen Sohn. Vielleicht sogar noch einen Tick mehr.

Und jetzt war es an der Zeit, die Ursache zu untersuchen. Seine dämliche Frau glaubte vielleicht alles, was man ihr erzählte, aber ihn konnte man nicht so leicht hinters Licht führen. Er würde sich nicht mit irgendwelchen fadenscheinigen Erklärungen zufriedengeben.

Nachdem er sich in der Küche sein Frühstück machte, und eine Aspirin-Tablette auflöste in einem Glas Wasser, stand sein Entschluss für die nächsten Tage fest: Heute noch würde er seinen Vorgesetzten in der Kanzlei bitten, ihm einige Tage unbezahlten Urlaub zu geben. Heute, am Montag, bekam er sofort frei, als er einen Todesfall in der Familie erwähnte, sagte aber nicht, dass es sich dabei um seine Tochter handelte. In dem kleinen Dorf, wo er seit fünf

Jahren mit seinen Kindern wohnte, kannte Kalinka fast jeder. Jeder mochte das stets freundliche und hübsche Mädchen. Wenn er am Freitag zurückkommen würde und mehr erfahren hätte, würde er ihnen alles erzählen, was er wusste.

Nach dem Frühstück griff er zum Telefon und rief die Auskunft an. Sein Plan stand fest: Ein Anruf beim Flughafen „Toulouse-Blagnac", um einen Flug nach Deutschland zu buchen. Er erkundigte sich nach dem für ihn besten Zielflughafen, um nach Lindau zu kommen. Die kürzeste und schnellste Variante war ein Flug nach Stuttgart, und weiter mit dem Zug direkt nach Lindau. Der Großflughafen, von dem er starten würde, lag acht Kilometer von Toulouse entfernt und war erst vier Jahre zuvor in Betrieb genommen worden. Die Zeitdauer der Zugstrecke würde laut Bahnauskunft knapp hundertsechzig Minuten in Anspruch nehmen. Er überlegte sich kurzzeitig, ob er die einhundertsiebzig Kilometer vielleicht mit einem Mietwagen zurücklegen sollte, verwarf es aber wieder, da ihm die Bahn stressfreier und komfortabler erschien. Und für die vier Tage, die er plante, würde eine kleine Reisetasche reichen. Vor Ort würde er sich mit der Polizei unterhalten und dann am letzten Tag seinen Sohn mitnehmen. Er musste ihn rausholen aus den Klauen „dieses Stiefvaters", dachte er sich und zündete sich eine Zigarette an, während er auf den wolkenverhangenen Himmel seines Heimatdorfes blickte.

Es gab viel zu tun in Lindau.

6. Kapitel

Mittwoch, 14. Juli 1982, Memmingen (Deutschland).

Die Staatsanwaltschaft Kempten, die von der Kripo in Lindau über den Todesfall erst am Dienstag informiert wurde, veranlasste, dass der Leichnam von Kalinka Bamberg nach Memmingen ins Stadtkrankenhaus überführt wurde. Dort befand sich die gerichtsmedizinische Abteilung für das gesamte Allgäu, mit mehreren spezialisierten Ärzten und Professoren auch für Gewaltverbrechen. Der Landkreis Lindau gehörte als bayerische Grenzregion untergeordnet zur Kripo Kempten, respektive der dort ansässigen Staatsanwaltschaft in Bezug auf Justiz-Angelegenheiten. Die Untersuchungen wurden vom Landgerichtsarzt Möhlmann und Oberarzt Lohrmann durchgeführt. Sie untersuchten über drei Stunden den Leichnam von Kalinka und kamen am Nachmittag zu folgenden Erkenntnissen:

Der Todeszeitpunkt war laut ihrer Ansicht am Samstag in den frühen Morgenstunden zwischen zwei Uhr und vier Uhr eingetreten. Die Angabe deckte sich mit der Vermutung von Dr. Herbert Gerlach, dem Notarzt, der die Leiche am Samstagmorgen erstmals untersucht hatte. Laut Protokoll-Aufnahme der Kripo Lindau gab Dr. Erding (erst am Montag) an, dem Mädchen am späten Samstagabend wegen „Unwohlsein" aufgrund übermäßiger Sonneneinstrahlung ein Eisenpräparat verabreicht zu haben. Wegen angeblicher Schlafstörungen gab er ihr zusätzlich noch das Medikament „Frisium", ein Schlafmittel.

„Schon sehr merkwürdig, was Erding dem Mädchen verabreichte", meinte Lohrmann und sah seinen Kollegen mit gerunzelter Stirn an.

„Ja. Dieter sollte eigentlich wissen, dass er mit der Dosis eher das Gegenteil bewirkte als eine Genesung", antwortete sein Kollege.

„Du kennst ihn?"

„Ja, seit über zehn Jahren. Wir haben uns auf einer Fortbildung in Frankfurt kennengelernt."

„Und trefft ihr euch noch?"

„Im Sommer öfter, er spielt sehr gut Tennis."

„Dann kannst du ihn ja beim nächsten Match fragen, was er sich dabei gedacht hat, als er das Zeug dem Mädchen spritzte."

Er nahm einen Schluck Wasser und schrieb einen weiteren Satz in den Obduktionsbericht.

„Aber weißt du, Hans, was mich noch nachdenklicher macht?"

„Was denn?"

„Hast du dir die Scheide des Mädchens angesehen?"

„Nein, Werner", meinte er grinsend. „Du weißt doch, dass ich die Intimzonen lieber dir überlasse."

„Haha, du Witzbold. Du solltest mal einen Blick drauf werfen."

Er nahm eine Lupe und schob mit den Fingern die Schamlippen auseinander. Zwei Minuten später sah er seinen Kollegen äußerst irritiert an.

„Ein kleiner Riss von knapp einem Zentimeter."

„Ja, korrekt. Und woher könnte sowas kommen?"

„Jetzt hör aber auf. Du glaubst doch nicht …"

„Ich glaube gar nichts, aber möglich wär's."

„Hör mal. Dieter liebt seine Tochter abgöttisch, er würde ihr niemals was antun. Idiotisch, sowas überhaupt in Erwägung zu ziehen."

„Wenn wir es, wie gesehen, reinschreiben, werden die lieben Kollegen von der Kripo Kempten aber andere Vermutungen anstellen."

„Tja, dann wär am besten Folgendes …"

„Was?"

„Wir schreiben es gar nicht erst auf und schneiden die Schamlippen weg. In ein paar Tagen ist die Leiche verwest, dann weiß das keiner mehr außer uns."

7. Kapitel

Einen Tag zuvor.

Dienstag um dreizehn Uhr siebzehn landete die Boing 747 auf dem Flughafen in Stuttgart-Sindelfingen. Bei strahlendem Sonnenschein, stahlblauem Himmel und über dreißig Grad stieg Andre Bamberg aus dem Flieger aus, durchlief die Kontrolle und schlenderte zur S-Bahn, die keine zweihundert Meter entfernt lag. Er hatte nur eine kleine Tasche als Handgepäck dabei und musste nicht auf das Gepäck warten. Keine sechs Minuten später startete die S-Bahn und er stieg am Stuttgarter Hauptbahnhof aus. Er überbrückte die Zeit bis zur Abfahrt um vierzehn Uhr fünf, holte sich ein Eis und kaufte sich Deutschlands meistgelesene Tageszeitung, die „Bild". Am Bahnsteig 11 setzte er sich und schlug die Zeitung auf. „Junges Mädchen am Bodensee unter mysteriösen Umständen gestorben", las er die mittelgroße Schlagzeile auf Seite drei. Er konnte sich bereits seit seiner Jugend auf Deutsch verständigen und hatte seine Deutschkenntnisse aufgrund der häufigen Besuche seiner Kinder in Bayern wieder intensiviert. Er würde sich ohne Probleme mit den Leuten, die er in Lindau aufsuchen würde, verständigen können. Die Zugfahrt mit spärlich besetzten Waggons dauerte zwei Stunden und vierzig Minuten, als er um Viertel vor fünf den Bahnhof auf der Insel von Lindau erreichte. Als er ausstieg, kam er sofort ins Schwitzen, als ihm die drückende, schwüle Luft entgegenkam. Sein erstes Ziel war nur dreißig Meter gegenüber des Bahnhofs. Der „Bayerische Hof", ein alteingesessenes 4-Sterne-Hotel, wo er glücklicherweise ein Einzelzimmer reservieren konnte, weil aufgrund einer Krankheit ein Gast am Sonntag storniert hatte. Zuerst bewunderte er jedoch die prächtige Panoramaaussicht, die sich ihm am Hafen bot. Hunderte von Schiffen, Seglern und Surfern tummelten sich auf der glitzernden Wasseroberfläche. Wirklich paradiesisch, dachte er sich, als er die Rezeption des Hotels ansteuerte. Und in dieser Region fand das Leben seiner Tochter so ein abruptes Ende. Als ihm die Hotelangestellte den Zimmerschlüssel aushändigte, fuhr er mit dem Aufzug in den 2. Stock und schmiss die Tasche aufs Bett. Er durfte nicht zu viel Zeit verlieren, seinen ersten Besuch wollte er noch vor dem Abendessen absolvieren. Er trank hastig ein Glas Wasser, wechselte sein verschwitztes T-Shirt und verließ das Hotel wieder.

Am Bahnhofsplatz stieg er in ein Taxi und nannte sein Ziel: „Ludwig-Kick-Straße 20, zur Polizeiinspektion." Der Fahrer nickte, und keine zehn Minuten später stand der Mercedes vor dem Eingang der Polizei in Lindau. Als er das Gebäude betrat, stand er nach drei Metern vor einer panzerglasgeschützten Scheibe, hinter der sich zwei junge Polizisten aufhielten, die ihn gleichzeitig anstarrten, als er auf den schwarzen Lautsprecherknopf vor der Scheibe drückte. Beide waren Ende zwanzig, schlank, blond und hochgewachsen. Einer trug eine Brille. „Typisch deutsch", dachte sich Andre.

„Guten Tag, die Herren. Ich hätte bitte gern jemanden von der Kriminalpolizei gesprochen."

„Da sind Sie aber jetzt verdammt spät dran, kurz vor halb sechs. Aus welchem Grund?"

„Mein Name ist Bamberg. Es geht um Mord!" Als sie das hörten, zuckten sie zusammen und wollten fast gleichzeitig den Hörer nehmen. Der Beamte mit der Brille hatte den Hörer zuerst am Ohr. Nach zwanzig Sekunden nickte er und legte auf.

„Gut, gehen Sie durch die Tür und warten Sie bitte kurz. Ein Kollege wird Sie abholen." Dann drückte er auf einen Knopf und die schwere Stahltür ging automatisch auf. Bamberg ging durch und stand in einem spärlich beleuchteten Gang, wo ihm gleich darauf ein Mann in Jeans und schwarzem kurzärmligem Hemd entgegenkam.

„Grüß Gott, Stahl mein Name, Kriminalhauptkommissar."

„Andre Bamberg aus Toulouse."

„Folgen Sie mir bitte, Herr Bamberg." Er folgte Stahl zum Ende des Gangs, wo sie ein etwa zwanzig Quadratmeter großes Büro mit drei Schreibtischen betraten. Am Fenster stand neben einer Yucca-Palme ein runder Tisch mit zwei gepolsterten Stühlen.

„Setzen Sie sich bitte, Herr Bamberg. Sie haben Glück, dass ich noch da bin. Normal geht's hier nur nach Vorladung oder Termin-Vereinbarung."

„Ich konnte leider nicht früher. Ich bin erst vor knapp einer Stunde in Lindau angekommen."

„Ich kann mir denken, aufgrund Ihres Namens, warum Sie kommen. Sind Sie extra deshalb aus Frankreich nach Lindau gekommen?"

„Würden Sie nicht nach Frankreich kommen, wenn im umgekehrten Falle Ihre Tochter ums Leben kommt?"

Der Kommissar wurde verlegen und bekam einen roten Kopf. „Sicher", murmelte er zögerlich. „Ich würde es vermutlich genauso machen."

„Haben Sie Kinder, Kommissar Stahl?"

„Leider nein. Aber kommen wir doch zum Grund Ihres Besuches. In der Presse wird der Fall ja heute ausführlich beschrieben."

„Ja, nur nicht mit der Wahrheit."

„Wie meinen Sie das?"

„Das, was in der Zeitung steht, stimmt nicht?"

„Wie kommen Sie darauf? Was stimmt nicht?"

„Dass es ein Unfall war. Waren Sie am Ort des Geschehens?"

„Nein, meine Kollegen Geboth und Bräuer waren im Haus von Dr. Erding."

„Haben Sie ihn verhört?"

„Natürlich, das ist ja ihre Aufgabe."

„Und? Finden Sie alles plausibel und glaubwürdig, was Ihnen dieser ‚Herr' erzählt hat?"

„Ich war, wie gesagt, nicht dabei. Aber warum sollten sie ihm nicht glauben. Vermuten Sie ein Verbrechen?"

„Ja, das glaube ich."

„Warum?"

„Hätte dieser Erding ihr nichts gespritzt, dann wäre Kalinka noch am Leben." Seine Augen füllten sich mit Tränen.

„Er hat es mit Sicherheit zum Wohle des Mädchens getan. Warum sollte er in anderer Absicht handeln? Wie ich hörte, mochte er das Mädchen sehr."

„Vielleicht zu sehr."

„Inwiefern?"

„Na, Sie als Kriminalbeamter hatten doch bestimmt schon mit Fällen von Missbrauch auch innerhalb der Familie zu tun, oder?"

„Und Sie glauben, das war hier auch der Fall? Wie kommen Sie darauf?"

„Erstens war meine Tochter kerngesund, zweitens hat dieser Erding einen ‚Hang' zu jungen Mädchen." Er ballte seine Faust und sah Stahl mit grimmiger Miene an. „Und zwar nicht in väterlicher Hinsicht, sondern in sexueller!"

„Das sind sehr schwerwiegende Anschuldigungen, Herr Bamberg. Sowas sollten Sie nur machen, wenn Sie wirklich eindeutige Beweise haben."

„Die hab ich, nur nicht auf Bild und Ton."

„Wie meinen Sie das?"

„Meine Beweise resultieren aufgrund von selber gesehenen Erlebnissen, und dem, was mir meine Tochter erzählt hat."

Kommissar Stahl griff zu einem Aufnahmegerät, das auf dem Schreibtisch stand. „Hätten Sie was dagegen, Herr Bamberg, wenn das, was Sie jetzt sagen, aufgezeichnet wird?"

„In keiner Weise."

„Dann legen Sie bitte los", sagte er und drückte auf den Aufnahmeknopf.

„Ich kenne Dr. Erding von der Zeit in Marokko, da war er ja auch bereits in zweiter Ehe verheiratet. Er ist nach einem Elternabend, an dem er Danielle kennenlernte, permanent hinter ihr hergeschlichen. Nur diese naive Frau, verzeihen Sie den Ausdruck, war so verblendet, dass sie nicht kapierte, dass sie nicht die Einzige war, auf die er ein Auge geworfen hatte."

„Nur ‚ein Auge', oder gab es ... äh noch andere?"

„Im Flirten und Begrapschen war Erding schon nach kürzester Zeit in Marokko bestens bekannt, vor allem bei sehr jungen Frauen und Mädchen."

„Mädchen im Alter von Kalinka?"

„Ja. Ich habe eine Aufnahme gemacht mit der Kamera, die ihn zeigt, wie er zwei junge Mädchen an einem Hotelpool ansprach."

Stahl kratzte sich am Kinn. Er wusste nicht, wie er die Aussagen dieses Mannes einschätzen sollte. Auf jeden Fall musste er seine beiden anderen Kollegen genau über das Gespräch informieren.

„Hören Sie, Herr Bamberg. Ich werde mit meinen beiden

Kollegen sprechen, die Erding und seine Frau vernommen haben. Ich verspreche Ihnen, wir werden den Vorwürfen von Ihnen nachgehen. Ich weiß nicht, ob wir bis Freitag die Obduktions-Ergebnisse der beiden Gerichtsmediziner aus Memmingen schon haben werden. Sobald es aber Neuigkeiten gibt, informieren wir Sie. Aufgrund Ihrer Behauptungen und Vermutungen können wir aber Dr. Erding mit Sicherheit nicht festnehmen. Da lacht uns der Staatsanwalt in Kempten aus."

„Sie müssen auch diesen Notarzt, den Erding kommen ließ, befragen."

„Warum?"

„Weil er zuerst das Mädchen untersuchte. Außerdem ist wichtig, in welchem Verhältnis er zu Dieter Erding steht."

„Wie meinen Sie das nun wieder?"

„Na, ob er Erding gut oder schlecht kennt."

„Jetzt äußern Sie aber sehr waghalsige Theorien. Sie meinen doch nicht im Ernst, dass die beiden untereinander mauscheln könnten oder sowas Ähnliches?"

„Möglich ist alles."

„Schon, aber Sie sollten jetzt nicht alle unter ‚Generalverdacht' stellen, die mit der Sache was zu tun haben. Als Nächstes haben Sie noch Vorbehalte gegen uns ermittelnde Beamte."

„Ich bin nur skeptisch und misstrauisch."

„Wir sind hier nicht korrupt, Herr Bamberg."

„Das behaupte ich ja nicht."

„Aber es klang so."

„Ich bin nur ein Gerechtigkeitsfanatiker, Herr Kommissar, und deshalb ist es mein gutes Recht, hier gewisse Zweifel zu äußern. Das ist doch legitim, oder?"

„Sicher, aber Sie können mir glauben, wir tun alles, was in unserer Macht steht, um den Fall aufzulösen."

„Einen letzten wichtigen Hinweis müssen Sie mir aber noch gestatten."

„Mein Feierabend ist eh schon dahin, also spielen zehn Minuten mehr oder weniger jetzt auch keine Rolle mehr. Schießen Sie los."

„Ich hätte gerne, dass Sie oder Ihre Kollegen noch eine weitere wichtige Person vernehmen. Nicht wegen eines Verdachtes, sondern wegen der wichtigen Information, die Sie bekommen werden."

„Und wer wäre das?"

„Corinna Brugger. Sie wohnt mit ihrer Familie in der Dornierstraße."

„In welchem Verhältnis steht sie zu dem Fall?"

„Sie ist, oder jetzt war, die beste Freundin von Kalinka. Und Sie können sie auch zu Dr. Erding befragen, damit Sie sich ein besseres Bild über ihn machen können."

„Inwiefern?"

„Na, wenn Sie schon womöglich Zweifel an meinen Aussagen haben, fragen Sie sie. Zum Beispiel, ob sich dieser komische Arzt den beiden schon mal unsittlich gegenüber verhalten hat."

Stahl machte sich zusätzlich auf einem Blatt Papier Notizen, sah auf die Uhr und drückte den Aufnahmeknopf. „Okay, Herr Bamberg. Ich habe mir das Wichtigste notiert und das Gespräch aufgezeichnet. Wo sind Sie untergebracht?"

„Im Bayerischen Hof."

Stahl legte die Hände hinter den Nacken und streckte seinen Oberkörper nach vorn. Dann sah er Bamberg an und meinte: „Ich habe mit großem Interesse einiges erfahren. Meine Kollegen werden Sie in den nächsten beiden Tagen im Hotel kontaktieren. Bis wann sind Sie freitags noch erreichbar? Wann fahren Sie zurück nach Stuttgart zum Flughafen?"

„Ich werde gemütlich um neun Uhr frühstücken, mein Zug fährt um elf Uhr siebenundvierzig ab."

„Gut. Wir werden sehen, was wir in der kurzen Zeit erreichen können. Aber ich habe das Gefühl, Sie kommen bestimmt wieder nach Lindau."

„Das glaube ich auch. Sollten die Ermittlungen von Ihnen und Ihren Kollegen zu keinem Ergebnis führen, die meinen Verdacht bestätigen, werde ich selber weiter ermitteln. Die Wahrheit muss ans Licht kommen!"

8. Kapitel

Mittwoch 9.00 Uhr, im Büro der Kripo Lindau.

Kriminalhauptkommissar Geboth saß im Kreis seiner Kollegen Stahl und Bräuer, und sie diskutierten über den Besuch von Andre Bamberg vom gestrigen Tage. Beim Blick aus dem Fenster wurde der Himmel rosafarben angestrahlt, und ein paar vereinzelte Kumuluswolken sahen wie Zuckerwatte aus. Trotz eines großen Ventilators im Raum schwitzten alle drei wie nach einem mehrstündigen Sonnenbad.

„Dieser Dr. Erding kam vor fünf Jahren nach Lindau", sagte Geboth und sah seine Kollegen an, „gibt es über ihn eigentlich irgendwelche Hinweise, was sein Privatleben angeht?"

„Meinst du in krimineller Hinsicht?", fragte Stahl und wischte sich zwei Schweißtropfen von der Stirn.

„Egal was. Hat er mal eine Frau oder ein Kind in der Vergangenheit geschlagen oder misshandelt? Irgendwas in dieser Art?"

Bräuer und Stahl schüttelten den Kopf. Geboth war der erfahrenste und älteste mit Mitte vierzig unter den dreien, und auch ihr Vorgesetzter. Die anderen beiden waren zehn Jahre jünger und wesentlich drahtiger und schlanker als er.

Bräuer meinte nach kurzer Pause: „Er scheint ein richtiger

Schürzenjäger zu sein und die Frauen halten es nicht allzu lange bei ihm aus. Aber angezeigt hat ihn anscheinend noch niemand, da gibt es nichts in seiner Vergangenheit. Glaubst du die Theorie von dem Bamberg, dass er dem Mädchen vielleicht zu nahe treten wollte?"

„Ich weiß nicht, aber mir schien das, was Dr. Erding sagte, etwas unsicher."

„Was meinst du? Dass er etwas verheimlicht oder lügt?"

„Ja, irgendwas ist widersprüchlich an seinen Aussagen. Und auch meiner Frau ist er nicht geheuer."

„Deiner Frau?", fragte Bräuer überrascht. „Was hatte die mit ihm zu tun?"

„Die war wie viele andere auch schon in seiner Praxis, weil sie Bluthochdruck hat. Und sie meinte, dass er schon übertrieben gern Hand anlegt."

„Wie übertrieben?"

„Na, sie meinte, der Körperkontakt von ihm zu anderen Patienten, und das vorwiegend Frauen, ist zu intensiv. Also einfach ausgedrückt, er legt zu gern Hand an, aber im übertriebenen Sinne. Oder noch banaler: Er streichelt und tätschelt schon vollkommen überzogen."

„Vielleicht ist sie da zu sensibel. Wer weiß, vielleicht haben viele Ärzte aufgrund ihrer Tätigkeit dieses, na ja, sagen wir's vorsichtig, leicht Anhängliche."

„So anhänglich, dass es schon in den Intimbereich geht und als Belästigung ausgelegt wird?"

„Solange er keine im Intimbereich streichelt, kann es

schlecht als Vergehen oder sexuelle Belästigung gewertet werden."

„Stimmt, aber man kann vielleicht seinen Typ etwas besser einschätzen. Meiner Frau sagte er zum Beispiel, weil er die Herztöne messen wollte, sie solle ihren BH ausziehen. Es gibt wohl kaum einen Internisten, der das von seinen Patientinnen verlangt."

„Und wie hat deine Frau reagiert?"

„Sie war natürlich leicht geschockt und machte es nicht. Sie sagte ihm, dass es auch so gehe."

„Und wie reagierte er?"

„Er meinte, dass sie sich doch nichts dabei denken brauche, sowas sieht er doch tagtäglich, das sei beim Arzt doch total normal."

„Wenn wir es vielleicht mal sehr primitiv ausdrücken, ich glaube ganz einfach, er ist nur ein geiler Sack. Deshalb muss er ja nicht gleich über seine Tochter herfallen."

„Aber solche Fälle hatten wir schon. Erinnert ihr euch an den Bauern Schmölz, vor sechs Jahren? Das war kurz nachdem ich hier in Lindau angefangen habe. Der hat sich auch an seiner Tochter vergriffen, und die war noch keine zehn. Und danach hat er seine Frau gebumst. Die Kleine hat das erst Jahre später ihrer Lehrerin anvertraut, weil sie die Kleine so verstört fand. Also gerade im familiären Bereich gehen manchmal Dinge ab, dass einem schlecht wird."

„Mag sein, aber für solche Thesen haben wir überhaupt keine Beweise. Wir müssen erstmal die Obduktion abwarten, wenn die dann Spermaspuren oder Verletzungen finden, dann schaut der Fall gleich anders aus. Aber solange können wir nicht irgendwelche Vermutungen anstellen."

„Aber ich glaub dem Bamberg", sagte Stahl. „Das, was er sagte, wirkte ehrlich. Unser Doktor fühlt sich zu jungem Fleisch hingezogen, warum auch immer. Aber Pädophile werden wir alle wohl nie verstehen."

„Da hast du recht", bekräftigte Bräuer. „Solche Typen sind kranke, perverse Schweine. Aber vielleicht sollten wir einen Rat von Bamberg angehen."

„Welchen?", fragte Geboth.

„Na, diese Corinna interviewen."

„Okay. Dann klemm dich gleich ans Telefon und frag die Mutter, ob die Kleine schon dazu in der Lage ist. Versuch gleich, für heut Nachmittag einen Termin zu kriegen."

„Okay Chef."

„Und du, Stahl, fragst mal in Memmingen nach, wann wir den Untersuchungsbericht erhalten. Wir brauchen Fakten."

9. Kapitel

Zur gleichen Zeit im Bayerischen Hof in Lindau.

Andre Bamberg hatte relativ spät gefrühstückt, erst gegen halb zehn hatte er sich zum Frühstücksbuffet begeben. Nach dem Besuch im Kommissariat am Tag zuvor hatte er sich noch etwas in Lindau umgesehen. Er war entlangspaziert an der Hafen-Promenade, in der malerischen Altstadt und auch in der Straße, wo er den Mörder seiner Tochter vermutete. Danach ging er noch ins „Palm Beach", einer Cocktailbar mitten in der Altstadt. Dort versuchte er, vom Barkeeper mehr Informationen über Erding herauszukriegen, aber dem war nicht so. Wahrscheinlich war sein Erzfeind noch nicht lange genug in der Stadt, um seinen Ruf zu ramponieren. Zeit, dass sich das änderte.

„Noch einen Kaffee, Herr Bamberg?", unterbrach ihn die korpulente Bedienung beim Frühstück.

„Ja, danke gerne." Sie schenkte ihm nicht nur ein, sondern legte ihm auch einen Stadtplan auf den Tisch, um den er vor fünf Minuten gebeten hatte. Sein heutiger Tag war genau geplant.

„Noch einen Wunsch?"

„Wissen Sie, wo sich die Redaktion der Lindauer Zeitung befindet?"

„Nicht weit von hier. Vielleicht zweihundert Meter vom Hotel entfernt. Ich zeig es Ihnen auf dem Plan."

Sie beschrieb ihm den Weg und machte ein Kreuz auf den Stadtplan.

„Aber falls Sie eine Tageszeitung suchen, vorne an der Rezeption sind welche, unter anderem auch die Lindauer Zeitung", gab sie ihm freundlich weiter.

„Sehr nett, aber ich will eine Anzeige aufgeben. Und weil ich keinen Wohnsitz hier hab, geh ich am besten zur Redaktion der Zeitung."

„Ach so, da haben Sie recht." Sie räumte die Schalen seiner geköpften Eier ab und ging.

Eine halbe Stunde später stand er auf, holte sich seine Kamera aus dem Zimmer und ging los. Teil eins seines Planes musste erledigt werden.

10. KAPITEL

Mittwoch, 14. Juli 1982, 15.00 Uhr. Kripo/Lindau.

Kurz nach ihrer Besprechung hatte Bräuer die Familie Brugger kontaktiert. Seit Corinna vom Tod ihrer besten Freundin erfahren hatte, war sie wie verwandelt. Obwohl sie sich erst knapp drei Jahren kannten, waren die beiden ein Herz und eine Seele gewesen. Peter und Sonja Brugger, die Kalinka genauso gern hatten, versuchten auf möglichst feinfühlige Art und Weise, das Mädchen wieder seelisch aufzupäppeln. Seit sie am Samstag vom Tod ihrer Freundin erfahren hatte, nahm sie kaum noch Nahrung zu sich und war sehr verschlossen. Gegen zehn Uhr erhielten sie einen Anruf von der Kripo Lindau, von einem gewissen Herrn Bräuer. Er fragte an, ob sie zu einer Unterredung kommen könnten. Zuerst waren sie skeptisch, ob das Mädchen dazu in der Lage wäre, jetzt nach wenigen Tagen. Doch Peter Brugger zerstreute die Bedenken seiner Frau und meinte, vielleicht täte es dem Mädchen gut, darüber zu reden, um den Tod von Kalinka besser zu verarbeiten. Natürlich fragten sie ihre Tochter, ob sie sich dazu gut genug fühle, und überraschenderweise sagte das Mädchen sofort zu, weil sie was Wichtiges „loswerden" wollte. Als die Kommissare Geboth und Bräuer um fünfzehn Uhr läuteten, saß Corinna auf der Terrasse des Einfamilienhauses und sah sie erwartungsvoll an, als ihre Mutter die Herren zu ihr führten.

„Hallo Corinna", sagte Geboth und reichte ihr seine Hand. Zögerlich reichte das Mädchen beiden Männern die Hand, und sie sahen in ein blasses Gesicht mit verweinten Augen.

„Setzen Sie sich doch, meine Herren", sagte Sonja Brugger und deutete auf die beiden Stühle neben Corinna. „Ich bring gleich noch Kaffee", sagte sie und verschwand in der Küche. Corinna war ein dunkelhaariges Mädchen, genauso schlank wie Kalinka, und ein halbes Jahr älter. Ihr langes glattes Haar fiel ihr weit über die schmächtigen Schultern. Bräuer sah dem Mädchen ins Gesicht und wusste, dass er seinem erfahreneren Kollegen das Gespräch und die Fragen überlassen würde.

„Corinna, du weißt, weshalb wir hier sind. Ich weiß, dass es für dich sehr schwer ist, mit dem Verlust von Kalinka fertigzuwerden, aber wir hoffen, dass mit deinen Aussagen der Fall vielleicht besser aufgeklärt werden kann. Es gibt einige Ungereimtheiten, und wir wären froh, wenn du uns dabei unterstützt. Okay?"

„Ja gern", sagte sie leise und sah auf die grüne Wiese. Wieder zeigte das Thermometer über dreißig Grad, und nur der Schatten des Sonnenschirmes machte es einigermaßen erträglich an der windgeschützten Ecke.

„Ihr beide wart ja am Freitag bei eurem Surf-Kurs. Hattest du das Gefühl, dass sich Kalinka im Laufe des Tages unwohl fühlte?"

„Gesundheitlich?"

„Ja. Machte ihr die Sonne oder Hitze zu schaffen?"

„Sie hatte sich zu spät mit der Sonnencreme eingeschmiert.

Nachmittags hatte sie auf den Schultern und am Rücken Sonnenbrand."

„Hatte sie über Schmerzen geklagt? War ihr schwindlig oder hatte sie Kopfschmerzen?"

„Nein, sie klagte nur über das Brennen. Mama hat ihr dann eine ‚After-Sun' zur Kühlung gegeben. Danach erwähnte sie den Sonnenbrand den restlichen Tag nicht mehr."

„So meine Herren, bedienen Sie sich", unterbrach Sonja Brugger das Gespräch und stellte ein Tablet mit Kaffee, Tassen, Teller und Apfelkuchen auf den Tisch.

„Danke, das schaut ja gut aus", meinte Bräuer und griff sich gleich ein Stück Kuchen. Sein Kollege nahm nur eine Tasse Kaffee und wollte ungern während einer Vernehmung was essen.

„Wenn Sie lieber bei der Hitze was Kühles wollen, sagen Sie es bitte, dann hol ich was aus dem Kühlschrank", sagte Frau Brugger und setzte sich zu ihnen an den Tisch.

„Später gerne, Frau Brugger. Ich fragte gerade Ihre Tochter, wie sich Kalinka am Freitag fühlte. Wie kam sie Ihnen vor, vor allem ab dem späten Nachmittag?"

„Sie ließ sich kaum was anmerken, aber abends merkte ich schon, dass sie sich nicht ganz wohl fühlte."

„Inwiefern?"

„Als wir im Open-Air-Kino am Marktplatz saßen, zitterte sie ab und zu."

„Schlimm?"

„Na ja, was heißt schlimm? Sie fror etwas und ich legte ihr meine Jacke über die Schulter."

„Sie sagte aber nicht, dass sie sich schlecht fühlte? Also, zum Beispiel, dass ihr schlecht wäre oder sie womöglich Kopfschmerzen oder Fieber hat?"

„Nein, nichts in der Art. Wobei ihre Symptome schon deutlich zu sehen waren. Ich hatte auch schon einen Sonnenstich und verhielt mich dabei ähnlich. Später friert es einen dann, und man hat gelegentlich leichten Schüttelfrost, so ähnlich wirkte es bei ihr auch."

„Also, Sie würden sagen, eher harmlos?"

„So kam es mir vor. Im Kino sah sie ja auch mit Begeisterung den Film und hätte beinahe noch mitgetanzt."

„Und gegen zweiundzwanzig Uhr brachen sie dann auf und radelten zur Villa der Erdings zurück?"

„Genau. Das sind ja nur anderthalb Kilometer, da waren wir zehn Minuten später vor dem Haus."

Nachdem Bräuer den zweiten Kuchen verdrückt hatte, mischte er sich in das Gespräch ein: „Frau Brugger, war jemand im Haus, als sie ankamen?"

„Ich nehme es an."

„Also, gesehen haben Sie niemanden?"

„Nein, nur die Beleuchtung. Ich nehme an, dass Erding oder Nicolas im Haus war. Ich wusste von Kalinka, dass ihre Eltern zum Grillen bei den Nachbarn waren. Damit der Kleine nicht zu spät ins Bett kommt, geht meistens einer früher mit ihm heim. In der Regel der Vater."

„Warum in der Regel?"

„Weil Erding nicht besonders gesellig war. Wobei manche sagen, wenn er auf Partys ohne seine Frau geht, wäre er völlig anders. Auch wir hatten ihn ja schon gelegentlich eingeladen, aber er war immer der Erste, der früher gehen wollte."

„Warum?"

„Fragen Sie ihn!"

„Er wirkte bei der Vernehmung nicht besonders gesprächig. Haben Sie eine Vermutung?"

Sie zögerte. Dann nahm sie einen Schluck Kaffee und begann zögerlich: „Es gibt da ein Gerücht."

Geboth und Bräuer sahen sich an. „Welches Gerücht?", fragte Bräuer.

„Also, wenn ich Ihnen das jetzt sage, haben Sie es aber nicht von mir. Wir sind ja nicht die Einzigen, die davon was gehört haben."

„Schießen Sie los", meinte Bräuer ganz gespannt.

„Wenn Sie ihn damit konfrontieren, erwähnen Sie aber bitte nicht unseren Namen."

„Versprochen", sagte Bräuer eilig und zog sich einen verärgerten Blick seines Kollegen zu.

„Es wird gemunkelt, dass Dieter Erding ein Verhältnis hat, aber anscheinend hat das seine Frau noch nicht mitbekommen."

„Seit wann?"

„Angeblich seit einigen Monaten. So genau weiß es keiner. Aber er wurde schon gesichtet mit seiner Eroberung."

„Und seine Frau ahnt von alledem nichts?"

„So scheint es. Oder sie ahnt was und will es nicht wahrhaben. Angeblich hat Erding nach der Ehe 1977 schon einige Affären gehabt."

„Da haben wir wieder den ‚Schürzenjäger'", sagte Bräuer an seinen Chef gerichtet und grinste.

Geboth sah Sonja Brugger dafür umso ernster an. „Und dann wissen Sie ja auch bestimmt, wer diese Eroberung ist, oder?"

„Ja, äh ..."

„Bitte sagen Sie es uns", flehte Geboth sie an.

„Es ist Nicole, das sechzehnjährige Nachbarsmädchen!"

11. Kapitel

Mittwoch, 14. Juli 1982, drei Stunden zuvor.

Erstes Ziel von Andre Bamberg war am Mittwoch, noch vor Mittag, die „Lindauer Zeitung", bevor Anzeigenschluss für das Wochenblatt war. Das wöchentlich erscheinende Magazin war eine kostenlose, circa zwanzigseitige Beilage vom Lindauer Verlag, wurde an die ganzen Haushalte gratis verteilt und lag der Lindauer Tageszeitung bei. Es diente für An- und Verkäufe, Neuigkeiten des Landkreises, Kontaktanzeigen und als Werbeplattform für Privat und Gewerbe.

„Guten Morgen", grüßte er freundlich, als er an den Anzeigenschalter vor eine junge Dame trat.

„Guten Morgen, Sie wünschen bitte?"

„Ich hätte gern eine Anzeige unter der Rubrik ‚Gesucht und gefunden' aufgegeben für morgen."

„Da kommen Sie leider ein bisschen zu spät, um zehn Uhr war leider schon Anzeigenschluss."

„Fragen Sie doch bitte Ihren Anzeigenleiter, ob es nicht ausnahmsweise noch geht. Ich bin nur noch bis Freitag in Lindau. Ich zahle auch gleich bar. Sagen Sie ihm, es handelt sich um eine große Anzeige."

„Gut, mach ich. Warten Sie bitte kurz." Sie stand auf und ging in die hinterste Ecke des Raumes, wo ein untersetzter

Mann Mitte vierzig mit Glatze saß. Eine Minute später begleitete er sie und sie standen vor Bamberg.

„Meine Kollegin sagte eben, Sie hätten noch gern eine Anzeige aufgegeben fürs Wochenblatt. Es soll sich um eine größere Anzeige handeln."

„Ja, sehr groß."

„Wie viele Zeilen? Haben Sie schon den Text und die Vorlage?"

„Zeilen? Ich verstehe nicht. Ich habe nur fünf Sätze."

„Aber das ist ja nichts Großes."

„Sie verstehen mich nicht richtig. Fünf Sätze auf eine halbe Seite!"

Der Glatzkopf und seine Kollegin schluckten und schauten ihn ungläubig an. „Fünf Sätze auf eine halbe Seite?", wiederholte er. „Wissen Sie überhaupt, was das kostet?"

„Nein, sagen Sie's mir."

„2 750,00 Mark."

„Da können Sie sich ja glücklich schätzen, dass ich noch gekommen bin."

„Sie wollen also die Größe wählen?"

„Natürlich."

„Haben Sie so viel Geld dabei?"

„Selbstverständlich."

„Verrechnungsschecks aber nur mit Bankgarantie."

„Ich zahle cash."

„Wunderbar. Sabine, nehmen Sie die Anzeige des Herrn auf, egal um welchen Text es sich handelt. Und ich würde mich freuen, mein Herr, wenn ich Sie bald wieder in unserem Verlag begrüßen dürfte."

„Bestimmt." Dann schlich sich der Dicke davon.

„Wie lautet der Text Ihrer Anzeige, Herr …?"

„Bamberg. Andre Bamberg."

„… Herr Bamberg?"

„Der Text in Großbuchstaben lautet:

WER WURDE IN DEN LETZTEN JAHREN VON DR. DIETER ERDING (KARDIOLOGE) VERGEWALTIGT ODER SEXUELL BELÄSTIGT? GESCHÄDIGTE MELDEN SICH BITTE VERTRAULICH AM DONNERSTAG ODER FREITAG IM BAYERISCHEN HOF BEI ANDRE BAMBERG. DANACH IN FRANKREICH AN DIE NUMMER + 33 561 348778. DISKRETION SELBSTVERSTÄNDLICH. HELFEN SIE MIR BITTE, DEN MÖRDER MEINER TOCHTER KALINKA ZU ÜBERFÜHREN!"

12. Kapitel

Lindau, 15.30 Uhr bei Familie Brugger.

Bräuer und Geboth sahen Sonja Brugger ungläubig aufgrund ihrer Aussage an.

„Und Sie sagen, dass es sich dabei um ein ‚Gerücht' handelt?"

„Na ja, was heißt Gerücht. Das wussten seit Monaten mehrere Leute in der Nachbarschaft, außer anscheinend Danielle Erding. Die hat anscheinend Tomaten auf den Augen. Aber es gibt ja noch ein weiteres Gerücht."

„Welches?"

„Dass Erding seiner Ehefrau Schlaftabletten verabreichte, während er mit seiner ‚Gespielin' die Zeit verbrachte."

„Und wer war Zeuge dieser Vorgänge, als dies angeblich geschah?"

„Kalinka!", antwortete Corinna.

13. Kapitel

Mittwochnachmittag, Lindau (Zentrum).

Als Andre Bamberg die Redaktion der Lindauer Zeitung verließ, bewölkte sich erstmals seit seiner Ankunft der Himmel. Es war drückend schwül, aber die Wolkenfront kündigte ein Wärmegewitter an. Er war gespannt, ob sich auf seine Anzeige jemand meldete. Sein Gefühl sagte ihm, dass es so sein würde. Jetzt galt es, dem Herrn Doktor einen Besuch abzustatten, auch wenn jetzt Sprechstunde war. Es sollten ruhig alle sehen, was er von ihm wollte.

Er nahm ein Taxi, da er keine Lust hatte, die drei Kilometer in die Bregenzer Straße bei der Hitze zu laufen. Um zehn vor zwei stand er vor der Praxistür und trat ein.

Vor ihm stand eine ältere Frau an der Anmeldung. Auf den ersten Blick sah er, auch ohne Blick in das Wartezimmer, dass es relativ ruhig war.

„Grüß Gott, der Herr. Möchten Sie einen Termin?"

„Nein. Nur Dr. Erding sprechen."

„Wann?"

„Jetzt!"

„So schnell wird das nicht gehen. Er macht gerade EKG, und danach macht er noch einen Patientenbesuch im Seniorenheim."

„Sagen Sie ihm, dass Andre Bamberg an der Anmeldung steht, dann kommt er bestimmt."

„Gut, wenn Sie meinen."

Die junge rothaarige Frau, die höchstens Anfang zwanzig war, klopfte an eine Tür, während eine circa zehn Jahre ältere Kollegin aus dem Ärztezimmer kam. Eine Minute später kam die junge Dame wieder zurück und meinte: „Der Doktor hat leider keine Zeit. Sie wollen sich doch privat bei ihm melden und nicht hier in der Praxis."

„Ach, hat er ein junges Mädchen in Behandlung in seinem Zimmer?"

„Wie bitte? Das geht Sie doch nichts an."

„Gestern die Zeitung gelesen, junge Dame?"

„Ja, warum?"

„Haben Sie das Bild des toten Mädchens gesehen, das abgebildet war, auf der Regionalseite?"

„Sie meinen die vierzehnjährige Kalinka?"

„Ja, genau die. Ich bin der leibliche Vater."

„Ach, jetzt versteh ich das auch mit Ihrem französischen Akzent?"

„Ja, und Ihr Schwein von Chef ist der Mörder meiner Tochter?"

„Psst, sagen Sie das nicht so laut, es sitzen noch vier Personen im Wartezimmer."

„Mir doch egal, jeder soll wissen, dass es hier einen

verbrecherischen Arzt gibt."

„Bitte beruhigen Sie sich, und überlegen Sie, was Sie sagen. Sie können hier nicht einfach solche Anschuldigungen machen. Wenn Dr. Erding das hört, zeigt er Sie bestimmt sofort an."

„Da hab ich keine Angst davor, junges Fräulein. Glauben Sie mir, in den nächsten achtundvierzig Stunden wird es die ganze Region hier wissen."

„Mein Gott, Sie machen mir ja Angst."

„Oh, das tut mir leid. Das war nicht beabsichtigt. Wenn einer Angst kriegen sollte, ist es der Doktor mit der Todesspritze. Richten Sie ihm noch einen schönen Gruß aus, ab heute hat er keine ruhige Minute mehr, bis er verurteilt wird."

Dann drehte er sich um und schlug mit brachialer Gewalt die Tür zu, als er hinausging.

14. Kapitel

Gegen 16.00 Uhr bei Familie Brugger.

„Was hat Kalinka gesehen, Corinna?"

Gebannt sahen die Kommissare das Mädchen an, das bisher kaum was gesagt hatte.

„Sie sah, wie ihr Stiefvater mit Nicole ins Haus ging."

„Und dann?"

„Sie gingen ins Schlafzimmer und ins Bad."

„Bemerkten sie nicht, dass sie beobachtet wurden?"

„Anscheinend nicht. Es war kurz vor Ostern. Sie dachten wahrscheinlich, sie schläft, es muss schon nach einundzwanzig Uhr gewesen sein."

„Und dann sah sie Kalinka im Schlafzimmer auf dem Ehebett?

„Im Schlafzimmer hat sie nur was gehört, aber nichts gesehen, weil sie nicht ins Zimmer ging. Aber als sie im Bad waren, hat sie durch das Schlüsselloch gesehen, was sie gemacht haben."

„Und …?" Geboth räusperte sich. „Was äh … sah sie?"

„Na, wie sie sexuelle Handlungen miteinander machten."

„Auch wenn's jetzt unangenehm ist, Corinna. Was haben

sie konkret gemacht? Hat das Kalinka genau geschildert? Es wäre bei einer eventuell späteren Vernehmung bei Dr. Erding wichtig zu wissen."

„Sie hat ‚ihn' in den Mund genommen."

„Wen?"

„Den steifen Penis von Erding."

Sonja Brugger und die Kommissare sahen sich untereinander an. Sie merkten, dass es jetzt vielleicht peinlich oder delikat werden könnte.

„Du musst nicht weitererzählen, wenn es dir unangenehm ist, Corinna", sagte ihre Mutter bedächtig.

„Es macht mir nichts, Mama. Und dann hat er ihr das ganze Gesicht vollgespritzt mit seinem Sperma."

„Und das hat Kalinka dir so ähnlich geschildert? Hat sie das nicht ihrer Mutter erzählt? Wo war die denn, während das Ganze geschah? Eine Ehefrau im eigenen Haus muss doch sowas mitbekommen."

„Das war anscheinend nicht nur einmal. Kalinkas Mutter schlief währenddessen auf der Couch im Schlafzimmer. Aber vermutlich nicht aufgrund natürlicher Müdigkeit, sondern weil sie ihr Ehemann, Dieter Erding, in einen Tiefschlaf versetzt hat!"

15. Kapitel

Donnerstag, 15. Juli 1982, 9.00 Uhr, Lindau.

Andre Bamberg blätterte das Wochenblatt der Lindauer Zeitung durch, als er am Frühstückstisch vom Bayerischen Hof saß. Die gewaltige Anzeige konnte gar nicht übersehen werden, und es konnte nur eine Frage der Zeit sein, wenn sich jemand darauf melden würde. Er war sich so sicher wie nie zuvor in seinem Leben, dass sich eine Frau oder ein Mädchen diesbezüglich meldete. Er würde den Mann mit den zwei Gesichtern entlarven, und bald würde es die ganze Region wissen, mit wem sie es hier als Arzt zu tun hatten. Er hatte richtig vermutet; als er seinen Tisch verlassen wollte, kam die Hausdame mit flotten Schritten auf ihn zu.

„Herr Bamberg, Telefon für Sie!" Dann reichte sie ihm ein Handteil.

„Bamberg!"

„Hi, spreche ich mit dem Mann, der die Anzeige aufgab?"

„Korrekt. Andre Bamberg. Wer ist dran?"

„Mein Name ist Sybille. Ich hätte Sie gern gesprochen."

„Sie hatten schon direkt mit Dr. Erding zu tun?"

„Ja, vor fünf Monaten."

„In seiner Praxis oder auf privater Ebene?"

„In der Praxis von ihm."

„Einmal oder öfter?"

„Häufiger."

„Haben Sie das zu dem Zeitpunkt der Polizei erzählt?"

„Nein, das ging schlecht."

„Okay, Sie können es mir ja später konkreter erzählen."

„Ja, wäre mir lieber. Aber nicht in Ihrem Hotel, wo mich jeder sieht, das möchte ich nicht."

„Was schlagen Sie vor? Wo?"

„Kennen Sie den Lindauer Ortsteil Bad Schachen?"

„Ungefähr zwei Kilometer Richtung Wasserburg?"

„Richtig. Dort gibt es das historische Hotel ‚Bad Schachen' mit gleichem Namen. Angeschlossen gibt es ein öffentliches Restaurant und Café am Strandufer. Dort um neunzehn Uhr."

„Finde ich, kein Problem."

„Ich trage eine riesige Sonnenbrille und einen knallroten Sommerhut sowie ein blaues Kleid. Ich bin Mitte dreißig. Wie erkenne ich Sie?"

„Ich bin Mitte vierzig, trage einen Strohhut und habe eine braune Aktentasche bei mir."

„Alles klar, bis heut Abend."

„Bis später, Madame."

16. Kapitel

Am gleichen Tag, 15.00 Uhr, bei der Kripo Lindau.

„Okay, Herr Dr. Erding, ich werde mich sofort darum kümmern. Ja, keine Sorge, wir werden ihn aufsuchen. Ich gebe Ihnen dann Bescheid. Auf Wiederhören."

Dann legte Kommissar Stahl den Hörer auf. Seine Kollegen waren unterwegs, und er musste sich den Zorn von Dr. Erding zuziehen, mit der Bitte, den Franzosen Andre Bamberg zu verhaften. Aber so leicht ging das nicht wegen einer Zeitungsanzeige, egal was drin stand. So schnell stellte kein Staatsanwalt der Welt einen Haftbefehl aus. Friedrich Krupka klopfte und betrat sein Büro. Er war von der Verkehrspolizei und zurzeit im Innendienst.

„Herr Stahl. Eine junge Frau aus Friedrichshafen hat sich gemeldet."

„Wegen der Mega-Anzeige von Bamberg?"

„Ja. Soll ich durchstellen lassen oder rufen Sie sie zurück?"

„Stellen Sie durch."

Er trank einen Schluck Mineralwasser und wartete das Klingelzeichen ab.

„Stahl, Kripo Lindau."

„Carola Wegscheider. Ich möchte mich zu der Anzeige äußern, heute im Wochenblatt."

„Sind Sie Betroffene?"

„So könnte man es sagen, ja."

„Inwiefern?"

„Ich war Patientin bei diesem Arzt."

„Und was hat er Ihnen getan?"

„Er hat meine Brüste berührt und wollte mir in den Schritt greifen, als ich in Unterwäsche vor ihm stand."

„Was haben Sie gemacht?"

„Ich habe mich sofort angezogen und bin gegangen."

„Warum haben Sie das nicht gleich zur Anzeige gebracht? Wann war das?"

„Vor sechs Wochen. Ich habe mich nicht getraut?"

„Nicht getraut. Warum?"

„Weil ich Angst hatte, die Polizei würde mir nicht glauben."

„Okay, Frau Wegscheider. Ich stell Sie jetzt zum Kollegen zurück. Der nimmt Ihre Angaben auf, und wir melden uns wieder. Okay?"

„Ja, alles klar, Herr Kommissar."

Stahl legte den Anruf zu seinem Kollegen zurück, als sein Kollege Geboth das Zimmer betrat.

„Chef, es scheint schon was dran zu sein, dass dieser Arzt öfter die Frauen anging."

„Ja, die Anzeichen verdichten sich, dass er mehr als nur ein Lustmolch ist."

„Sind die Aussagen von Kalinkas Freundin glaubwürdig?"

„Ich denke schon. Ich glaube ihren Aussagen. Die Rolle von Erdings Ehefrau ist mir dagegen schleierhaft."

„Warum?"

„Wie kann eine Frau, die nur gelegentlich in seiner Praxis aushilft, und viel daheim ist, nicht mitkriegen, dass ihr Ehemann hier anscheinend mehrere Affären hat."

„Vielleicht ahnt sie es und will es nicht wahrhaben?"

„Mag sein. Aber wenn es sich dabei noch um die minderjährige Nachbarin handelt?"

„Ja, da ist Schluss mit lustig. Da müssten wir ihn eigentlich aus dem Verkehr ziehen, wegen Verführung von Minderjährigen."

„Korrekt. Wir rufen mal beim Staatsanwalt an und fragen, ob wir Erding vorladen sollen."

17. Kapitel

Donnerstag, 15. Juli, 16.00 Uhr, Lindau (Altstadt).

Für die letzte Aktion, die Bamberg am Nachmittag umsetzte, hatte er sich tags zuvor stundenlang den Kopf darüber zermartert. Nachdem er am gestrigen Abend noch einen Drink zu sich genommen hatte, saß er zwei Stunden lang an der Hafenpromenade und danach auf dem Balkon seines Hotelzimmers. Dann setzte er folgendes Schreiben auf, das er mit einer alten Schreibmaschine schrieb, die er sich in einem Trödelladen für fünfzig Mark gekauft hatte.

Der Text lautete:

WO BLEIBT DAS RECHT?

SIE SOLLTEN WISSEN, DASS IN LINDAU EIN KRIMINELLER WOHNT! ES HANDELT SICH UM DR. MED. DIETER ERDING, INTERNIST, BREGENZERSTR. 23 a, WOHNHAFT GIEBELBACHSTR. 9.

AM SPÄTEN FREITAGABEND, DEN 9. JULI 1982, HAT ER IN SEINEM HAUS MEINE GESUNDE UND SPORTLICHE TOCHTER KALINKA GETÖTET. SIE WÄRE VIER WOCHEN SPÄTER FÜNFZEHN JAHRE ALT GEWORDEN. ER VERABREICHTE IHR LAUT AUSKUNFT DES NOTARZTES EINE INTRAVENÖSE INJEKTION MIT „KOBALT-FERRLECIT-LÖSUNG". KEIN ARZT DER WELT HÄTTE DIES VERABREICHT. ANGEBLICH AUFGRUND EINES SONNENSTICHS UND UNWOHLSEIN. DIE

WAHRHEIT IST EINE ANDERE. ICH BITTE DESHALB DIE BEVÖLKERUNG UM IHRE MITHILFE. VERMUTLICH WURDE SIE MISSBRAUCHT UND IST NICHT DIE EINZIGE! HEUTE ABEND SPRECHE ICH EIN MUTMASSLICHES OPFER. ACHTEN SIE AUF IHRE TÖCHTER, BEVOR SIE DIE PRAXIS DIESES MANNES BETRETEN. NICHT DASS IHR KIND DAS NÄCHSTE OPFER WIRD!

Zufrieden sah er das Schreiben an. Wenn er bis zu seinem nächsten Besuch in Lindau weitere Details der Untersuchungen wusste, würde er es bei einem seiner nächsten Aufenthalte verteilen. Er ging in einen Kopierladen und machte fünfhundert Kopien davon. Das würde fürs Erste reichen. Dann packte er den Stapel Blätter, legte ihn in seine Aktentasche und marschierte los. An der Hafenpromenade reichte er die ersten Zettel an Passanten, die an ihm vorbeiliefen. Fast jeder zweite nahm das Blatt Papier an, das er verteilte. Er lief in Biergärten und Straßencafés und brachte so seine Botschaft weiter. An Tischen, wo niemand saß, legte er das Blatt auf den Tisch. Diejenigen, die es lasen, runzelten die Stirn und diskutierten über den Text. Das war genau das, was er wollte. Hauptsache, alle wurden aufgerüttelt, egal ob Einheimischer oder Tourist.

Zwei Stunden später hatte er alle Zettel verteilt und war zufrieden. Der nächste Akt war erledigt. Seit seinem Besuch bei der Polizei hatte er von den Beamten nichts mehr gehört. Absolut enttäuschend, dass sie ihn so schlecht informierten und links liegen ließen. Aber sie würden ihn nicht so schnell loswerden, wenn nichts vorwärtsging, würde er selber die Sache in die Hand nehmen müssen.

Um sechs Uhr saß er am Hafen und sah dem Treiben und dem Sonnenuntergang zu, während er ein Glas Rotwein trank. Noch eine Stunde bis zu dem Treffen mit der Frau aus Friedrichshafen. Er aß noch ein Baguette und fragte an der Rezeption nach, ob sich noch jemand aufgrund seiner Anzeige gemeldet hatte. Der Hoteldirektor verneinte und schüttelte den Kopf. Noch vierzig Minuten bis sieben, er schlenderte los. Der Weg nach Bad Schachen war wunderschön, ständig in der Nähe des zauberhaften Uferbereichs mit der prächtigen Blütenpracht am Weg. Auf den grünen Wiesen lagen Liebespaare, Landstreicher und Radler, die sich ausruhten und die warme Abendluft genossen, die noch bei gut achtundzwanzig Grad lag. Fünf vor sieben hatte er das markante Hotel am Seeufer erreicht. Die Frau mit dem knallroten großen Hut fiel ihm sofort auf. Sie saß auf einer Parkbank, unweit des Restaurants. Er steuerte zielstrebig darauf zu, bis sie zu ihm aufblickte.

„Sie sind die Sybille?"

„Ja, Herr Bamberg. Freut mich, Sie kennenzulernen."

„Ganz meinerseits."

Er betrachtete sie kurz, und es fiel ihm auf, dass sie deutlich jünger war, als ihre Stimme wirkte. Maximal achtundzwanzig. Sie hatte blondes gelocktes Haar, trug ein enganliegendes rosa T-Shirt, einen blauen kurzen Jeansrock und schwarze Plateauschuhe. Die riesige schwarze Sonnenbrille bedeckte fast das halbe Gesicht. Als sie die Brille abnahm, sah er ihre kleinen blauen Augen. Eine äußerst attraktive Erscheinung, genau der Typ für Erdings „Beuteschema".

„Sollen wir ins Restaurant hoch oder möchten Sie auf der Bank sitzenbleiben?", fragte er sie, und sie nahm auch den Hut ab.

„Wenn's Ihnen nichts ausmacht, würde ich gern hierbleiben. Es ist so wunderschön, auf den glitzernden See zu sehen und die Schwäne zu beobachten."

„Gerne Mademoiselle."

„Jagen Sie Dr. Erding?", fragte sie und kam gleich zum Thema.

„Wenn Sie es so ausdrücken wollen, ja."

„Glauben Sie nicht an die Polizei hier?"

„Wissen Sie, alles, was nicht unmittelbar nach einem Gewaltverbrechen aussieht, wird nicht so intensiv beäugt. Und wenn ein Arzt, der zum Schauplatz des Geschehens zugezogen wird, das als ‚Unfall' deklariert, ist der Fall für die Polizei schon nahezu abgeschlossen."

„Sie haben recht. Die ‚Götter in Weiß' werden anders behandelt als der normale Bürger, dem glaubt aufgrund seines Status schon zwangsläufig jeder mehr. Und die Polizisten haben von Medizin sowieso keine Ahnung."

„Sie sagen es, Sybille. Was hatten Sie mit Erding zu tun?"

„Ich war elf Monate seine Sprechstundenhilfe. Zuvor war ich bei einem Urologen als Arzthelferin."

„Und hat er Sie belästigt?"

„Ja, permanent."

„Wie?"

„Er bedrängte mich häufig und griff ständig an meine Brust und zwischen meine Beine."

„Warum sind Sie nicht zur Polizei?"

„Ich hatte Angst, den Arbeitsplatz zu verlieren. Ich bin alleinerziehend und komme mit fünfundsechzig Prozent des Gehaltes nicht aus. Da müsste ich noch einen Zusatzjob annehmen, dann würde ich mein Kind noch seltener sehen. Und meine Mutter kann auch nicht ständig auf die Kleine aufpassen, sie ist nicht gesund und muss fast täglich zur Dialyse."

„Verstehe. Das wusste Erding, und deshalb dachte er sich, mit Ihnen kann er alles machen?"

„So ist es. Ich hab ihn schon nach wenigen Tagen durchschaut. Wenn eine attraktive junge Frau in der Nähe war, hätte er sie am liebsten gleich ausgezogen."

„Würden Sie die Aussage auch eventuell vor einer Anhörung machen?"

„Sie meinen vor Gericht oder bei der Polizei? Ja sicher, wenn es hilft, das Schwein zu überführen."

„Ich habe das Gefühl, Sybille, das wird hier im Sande verlaufen, wenn noch einige Wochen vergehen. Deshalb werde ich einen renommierten Anwalt in Frankreich einschalten, der sich der Sache annimmt."

„Sie haben recht, die Polizisten hier sind eh so große Schnarchzapfen."

„Haben Sie schon gewisse Erfahrungen mit ihnen gemacht?"

„Meine Freundin hatte hier ein großes Problem mit einem Stalker, der sie partout nicht in Ruhe ließ. Sie brachte es zur Anzeige, aber keiner der Bullen nahm sie ernst. Wissen Sie, was einer zu ihr sagte auf der Wache?"

„Nein, verraten Sie's mir."

„Sie wäre selber schuld, wenn sie immer mit Minirock und stark geschminkt in der Gegend rumläuft, da müsste ein Typ ja geil werden."

„Tja, Sie sagen es, Sybille. Frauen werden nach wie vor sexuell diskriminiert, egal ob am Arbeitsplatz oder privat. Und der Gesetzgeber behandelt diese kranken, perversen Arschlöcher mit Samthandschuhen."

Er redete sich in Rage, und sie merkte, wie er dabei vor Erregung zitterte und die Fäuste ballte. In dem Moment war ihr klar, dass Erding keine ruhige Minute mehr in seinem Leben haben würde.

18. Kapitel

Freitag, 16. Juli 1982, 8.30 Uhr, Kripo Lindau.

Die drei Kommissare saßen vor ihren Schreibtischen und überlegten ihr weiteres Vorgehen im „Fall Kalinka". Zehn Minuten zuvor hatte Geboth mit Staatsanwalt Krömer in Kempten telefoniert und wollte seine Kollegen von dem kurzen Telefonat in Kenntnis setzen.

„Also Jungs, hört mal zu. Den Doktor Erding vorzuladen, hat der Staatsanwalt in Kempten abgelehnt. Er hält es sogar für lächerlich, er meinte, wir hätten sicher Wichtigeres zu tun."

„Lächerlich?", entgegnete Stahl entrüstet. „Der hat vielleicht Nerven. Jetzt haben wir mehrere Zeugenaussagen, dass der Typ pädophile Züge hat, und er tut das Ganze als ‚lächerlich' ab? Ja, wo leben wir denn? Muss jetzt ein Kinderschänder erst an der Hafenpromenade vor zweihundert Leuten jemanden vergewaltigen, dass wir ihn einbuchten können?"

„Da nützt jetzt die ganze Aufregung nichts", meinte sein Chef, „wir müssen den Fall abhaken."

„Ist das dein Ernst, Chef? Dass mit dem Typen was nicht stimmt, ist ja wohl mehr als offensichtlich. Sollen wir den völlig ungeschoren davonkommen lassen?"

„Wir könnten höchstens eins machen", meinte Bräuer und sah in seine Akten, „wir raten der Corinna und ihren Eltern, die sollen Erding anzeigen. Offiziell. Dann könnten wir ihn aufgrund der Anzeige vielleicht nochmals vorladen, und dann bekommt er wahrscheinlich eine Geldstrafe."

„Wenn der Richter der Kleinen glaubt. Erinnerst du dich an den Fall Brehme? Da beschuldigte die kleine Alexandra auch ihren Vater, weil er sie geohrfeigt hat. Und dann kam raus, alles erstunken und erlogen. Sie wollte ihm nur eins auswischen. Dann bekam sie Gewissensbisse. Und gestern Abend hab ich die Mutter dieser Nachbarstochter angerufen. Wisst ihr, was die gesagt hat? Das wäre Blödsinn, was die Corinna erzählt hätte. Ihre Tochter hätte sich nur ihr Taschengeld aufgebessert und bei den Erdings die Fenster geputzt und den Rasen ab und zu gemäht."

„Wirklich?", meinte Stahl. „Kaum zu glauben."

„Ist aber so. Vielleicht hat die Kleine etwas gesponnen und einen ‚Psycho-Knacks', weil ihre Freundin gestorben ist? Oft wollen sich solche Kinder eine erhöhte Aufmerksamkeit durch sowas holen."

Dann klingelte das Telefon und Geboth nahm ab. Er hörte fünf Minuten fast schweigend zu und legte dann auf.

„Die gerichtsmedizinische Abteilung von Memmingen."

„Und was haben sie gefunden?"

„Nichts, was auch nur einen Hauch in den Bereich von Mord oder Totschlag gehen könnte."

„Heißt also, ein ‚Unglück'?"

„Verkettung unglücklicher Umstände, meinte der Dr. Böhlmann. Wir sollen den Fall zu den Akten legen."

„Kriegen wir den Obduktionsbericht?"

„Nur der Staatsanwalt. Aber wenn wir ihn höflich bitten, faxt er ihn uns bestimmt zu."

„Aber er meinte gleich, dass wir auch nach dem Durchlesen nichts entdecken werden, was strafrechtlich relevant sein würde."

„Und was erzählen wir jetzt Andre Bamberg?"

„Sende ihm, wenn er wieder in Toulouse ist, einen Brief. Schreib ihm, dass es uns sehr leid tut mit seiner Tochter. Aber wir können nichts weiter machen in dem Fall."

„Damit wird er sich nicht abfinden können."

„Das befürchte ich auch, wir werden bestimmt wieder von ihm was zu hören und sehen bekommen. Und ich befürchte schon ziemlich bald."

„Worauf du einen lassen kannst."

19. Kapitel

16. August 1982, Toulouse (Frankreich).

Fünf Wochen waren seit dem Tod von Kalinka vergangen. Bamberg hatte interveniert, als er hörte, dass die Polizei aufgrund der Anordnung der Staatsanwaltschaft die Ermittlungen einstellte. Auch seine Bitte, ihm die Obduktionsberichte zuzusenden, verpuffte. Er schaltete deshalb einen der besten Anwälte Frankreichs ein, Pasquale Lefort. Er galt seit fünfzehn Jahren in der Branche als hartnäckiger, erfolgsbesessener Typ mit Prinzipien. Er wollte zuerst Bambergs Anfrage ablehnen, aufgrund der zahlreichen Medienberichte erschien ihm der Fall aber dann doch „interessant" genug, um dadurch vielleicht weiter an Popularität gewinnen zu können. Seine erste Aktivität war die Forderung der Akten-Zusendung mit den Verhören und Protokollen der Polizei sowie des vollständigen Untersuchungsberichtes der Gerichtsmediziner. Außerdem ordnete er sofort eine Überführung der Leiche nach Frankreich an, obwohl Danielle ihren Ex-Mann bat, das Mädchen eventuell in Lindau zu beerdigen, was dieser aber sofort ablehnte.

Um siebzehn Uhr nachmittags, als Bamberg gerade von der Arbeit in seine Wohnung ging, meldete sich sein Anwalt wie abgesprochen, da er die Unterredung nicht während seiner Arbeitszeit im Büro führen wollte.

„Hallo Herr Lefort", meldete er sich, weil er die

Kanzleinummer gleich auf seinem Display sah.

„Hallo Herr Bamberg, ich habe die meisten der Unterlagen aus Deutschland bekommen."

„Und, konnten Sie dadurch neue Erkenntnisse gewinnen?"

„Klar, ich bin überzeugt, dass wir hier in Frankreich gerichtlich was bewirken können. Ich lese Ihnen das Wichtigste schnell vor und lasse Ihnen dann morgen noch eine Abschrift zukommen. Das Verhalten von Dr. Erding während der Ereignisse wird von den deutschen Kollegen wie folgt dokumentiert:

Dr. Erdings vorgeblicher Wiederbelebungsversuch durch Gabe einer Psychostimulans und eines herzwirksamen Glykosids wurde von den Memminger Gerichtsmedizinern in folgenden Worten wiedergegeben: Ein Mädchen, das bereits seit einigen Stunden tot war, durch Gabe dieser Medikation zum Zwecke einer ‚Wiederbelebung', bei einer schon von Leichenstarre betroffenen Person mutet extrem grotesk an. Die Medikamentenwahl, der Ort der Injektion und der Behandlungszeitpunkt muten sehr befremdlich an. Aus dem Obduktionsbericht geht weiter hervor, dass Dr. Erding unmittelbar im Anschluss an die Untersuchung noch Kontakt zu den Medizinern suchte und zu bedenken gab, dass auch übermäßige Sonneneinstrahlung beim Surfen im Verlauf des Freitags vor dem Ableben den Todeseintritt begründet haben könnte."

„Der Typ ist doch irre", warf Bamberg ein und schrieb sich einiges auf ein Blatt Papier. Dann las Lefort weiter:

„Diese These wird von den Obduzenten jedoch im

vorliegenden Fall als mit ‚Sicherheit ausschließbar' bezeichnet, weil der von Erding geschilderte Verlauf der Abendstunden bis in die späte Nacht nicht als Begründung zur Erklärung des Todeseintrittes (Fehlregulation infolge von intensiver Sonnenbestrahlung) herangezogen werden könne. Am Abend vor dem Todesereignis hatte Erding seiner Stieftochter eine Kobalt-Ferrlecit-Injektion gegeben, da Kalinka angeblich erklärt habe, dass ihr Bräunungszustand angeblich nicht zufriedenstellend sei. Später behauptete Erding auch, dass diese Injektion angeblich zur Behandlung einer bei Kalinka bestandenen Anämie indiziert gewesen sei."

„Auch totaler Blödsinn", knurrte Bamberg. Nach einer Getränkepause sprach Lefort weiter:

„Die Mediziner kommentierten die verabreichte Injektion, indem sie einen Kausalzusammenhang mit dem Todesereignis bei einem gesunden vierzehnjährigen Mädchen ausschlossen, und gaben lediglich zu bedenken, dass das von Erding verfolgte Behandlungsziel einer Bräunungsverbesserung auf diese Weise niemals erreicht werden könne."

„Und bei so einer Beurteilung darf so ein ‚Quacksalber' weiter praktizieren und wird auch nicht von der Justiz behelligt. Hatten Sie schon mal jemals einen ähnlichen Fall, Herr Lefort?"

„Nein, noch nie." Dann las er weiter: *„In einer weiteren Stellungnahme stellte einer der beiden untersuchenden Ärzte fest, dass eine intravenöse Verabreichung eines Eisenpräparates nur indiziert werden darf im Falle einer* *vom Labor bestätigten Anämie, und dies auch nur, wenn eine orale Unverträglichkeit besteht, was hier aber nicht der Fall war. Dieses Präparat hat noch nie jemandem beim Bräunen geholfen, und die Mediziner sind erstaunt, dass ein erfahrener Kollege auf den Gedanken kommt, sowas einzusetzen. Man kann aufgrund dessen schließen, dass Dr. Erding keineswegs die Regeln der modernen Medizin respektierte und deshalb einen ‚Kunstfehler' begangen hat."*

„Kunstfehler? Lächerlich! Die sind doch bescheuert. Wie blöd muss man eigentlich sein, sowas nicht zu kapieren? Ist denn der Staatsanwalt ein Tennispartner von Erding?"

„Ich gebe Ihnen recht, Herr Bamberg. Sowas hab ich in meiner Laufbahn auch noch nie erlebt, dass bei so einer Beurteilung der Mann nicht besser durchleuchtet wird. So einen kann man nicht, unabhängig von Kalinka, auf die Menschheit loslassen. Außer, es war pure Absicht bei dem Mädchen, und er macht sowas sonst nie."

„Genauso schaut's aus. So blöd ist er ja schließlich nicht, das häufiger zu machen. Wobei er den Missbrauch wahrscheinlich schon häufiger begangen hat."

„Haben Sie Zeugen?"

„Eine Frau, die bei ihm gearbeitet hat. Sehr glaubwürdig. Sie schilderte mir, wie er sie ständig sexuell belästigte. Kann sie bei einem französischen Prozess als Zeugin aussagen?"

„Sicher, wenn sie freiwillig kommt. Sie bekommt auch Anfahrtskosten und Verdienstausfall für die zwei oder drei Tage, wenn sie kommen sollte."

„Sie wird kommen, ich halte mit ihr seit meinem Aufenthalt

in Lindau regelmäßig Kontakt."

„Super, das wird die Geschworenen und den Richter auf jeden Fall beeindrucken."

„Dann kriegen wir ihn also hier?"

„Ganz so leicht wird's nicht. Wir müssen ihn erstmal auf französischen Boden bekommen. Und dann, das wird das nicht leichtere Problem, die ‚Absicht' nachweisen."

„Das ist doch offensichtlich."

„Für uns schon, aber noch lange nicht für den Richter. Aber lassen Sie mich noch die letzten Sätze vorlesen, dann sag ich Ihnen, wie's weitergeht:

Das, was Erding dem Mädchen verabreichte, gilt als ‚gefährliches Medikament', da es ausschließlich nur unter permanenter ärztlicher Kontrolle gegeben werden darf. Üblich ist eine regelmäßige Überwachung des Patienten nach Verabreichung. Es können mehrere unerwünschte Nebenwirkungen eventuell nach Einnahme auftreten; zum einen eine sofortige spontane Reaktion wie Abfall des Blutdrucks, der Herztätigkeit und Atemnot. Des Weiteren sind auch Reaktionen wie Fieber, Schmerzen und Übelkeit mit Erbrechen möglich."

„Was bei ihr ja der Fall war. Sie ist vermutlich an ihrem Erbrochenen erstickt."

„Genau. Und vor Gericht müssen wir jetzt glaubwürdig nachweisen, dass ein Arzt seines Kalibers das wissen muss und es sich hier um keinen Kunstfehler handelt, sondern um eine Tötungsabsicht."

„Und was kann ich jetzt tun, außer abwarten und Tee trinken, Herr Anwalt?"

„Am besten, den Herrn Doktor genau im Auge behalten und warten, ob ihm ein entscheidender Fehler passiert. Und dann zuschlagen."

„Leicht gesagt bei fast tausend Kilometer Entfernung."

„Halten Sie mit der Dame aus Friedrichshafen einen guten Kontakt. Besuchen Sie ab und zu Lindau. Geben Sie Erding das Gefühl, dass er häufig überwacht wird. Wir müssen jetzt für weitere Schritte erst auf den Leichnam von Kalinka warten, dass unsere Mediziner weitere Untersuchungen machen können. Wenn die Obduktion durchgeführt wurde, bespreche ich mich mit der Staatsanwaltschaft, und wir werden Anklage erheben.

„Wann wird das ungefähr sein?"

„Kann ich Ihnen leider nicht verbindlich sagen. Von drei Wochen bis zu drei Jahren ist alles möglich. Leider braucht man bei solchen Verfahren immer eines."

„Und das wäre?"

„Geduld, sehr viel Geduld."

20. Kapitel

Anfang Oktober 1982, Toulouse (Frankreich).

„Papa, ist Mama auch auf der Beerdigung?"

„Keine Ahnung."

„Aber sie ist doch Kalinkas Mutter."

„Ja leider."

„Warum leider?"

„Weil sie keine gute Mutter ist."

„Warum nicht?"

„Sie hat nicht gut auf deine Schwester aufgepasst, sonst wäre sie noch am Leben."

„Also ist sie auch schuld am Tod von ihr?"

„Ja. Und ich möchte auch, dass du nie wieder an den Bodensee fährst zu ihr und zu deinem Stiefvater."

„Dann werde ich Mama ja nie wiedersehen?"

„Doch, wenn sie dich in Frankreich besucht."

„Aber sie war ja schon ewig nicht mehr hier."

„Ach, mein Sohn, du glaubst gar nicht, wie schnell sich das ändern kann."

„Warum? Durch was denn?"

„Auch deine Mutter wird irgendwann kapieren, dass der Mann an ihrer Seite ein Betrüger, Schwindler und Mörder ist. Und dann wird sie vor ihm flüchten."

„Und Dieter ist so ein schlechter Mensch?"

„Ja, deshalb wirst du ihn niemals wiedersehen."

Sein Sohn sah ihn fragend an, und er strich ihm über das Haar. Er sah, wie die Augen des Kleinen sich mit Tränen füllten. Er würde nicht mehr zulassen, dass das Kind noch einen Fuß auf deutschen Boden setzte.

„Ich habe mich geirrt, Nicolas. Du wirst deinen Stiefvater wahrscheinlich doch noch einmal zu Gesicht bekommen."

„Und wann?"

„Wenn er hier vor Gericht steht und verurteilt wird."

Dann gingen sie zum Friedhof und sahen auf Kalinkas Grab, wo schon zahleiche andere Trauergäste standen und prächtige Blumenkränze ablegten. Dann sahen sie auch eine blonde Frau im schwarzen Kostüm und taten, als ob sie nicht da wäre.

21. KAPITEL

20. Juni 1984, Villa Dr. Erding, Lindau.

Fast zwei Jahre waren seit dem Tod von Kalinka vergangen. Die Polizei und die Justiz im Raum Lindau hatten den „Fall Kalinka" schon weitestgehend vergessen. Die Akte wurde noch im gleichen „Todes-Monat" des Jahres 1982 geschlossen, und seitdem hatte Danielle Bamberg noch seltener Kontakt zu ihrem ehemaligen Mann Andre, und leider auch zu ihrem Sohn Nicolas. Auf der Beerdigung ignorierten sie sie. Andre wollte partout nicht, dass ihr gemeinsamer Sohn nochmals zu ihnen ins Haus kam. Teilweise konnte sie es verstehen, obwohl es sie schmerzte, dass sie ihr einziges Kind nicht mehr sah. Auch am Telefon wirkte der Junge, der mittlerweile dreizehn Jahre alt war, sehr distanziert zu ihr. Der Leichnam wurde in den Jahren 1982/83 weitere Male von den Ärzten in Frankreich untersucht, und es kamen Details ans Licht, die sie nicht nur erstaunten, sondern auch schockierten. Es kamen Einzelheiten ans Licht, die ihren Glauben an die deutsche Justiz nachhaltig erschütterte. Wie ihr Ex-Mann ihr in einem der seltenen Telefonate mitteilte, war der Genitalbereich des Mädchens bereits bei der Überführung verwest, was es den Ärzten sehr schwer machte, Kalinka exakt zu untersuchen, obwohl sie zusicherten, den Leichnam bis zur Überführung kühl zu lagern. Aber man konnte sagen: viel versprochen und nichts gehalten, und auch nichts zur Aufklärung beigetragen. Nach wie vor glaubte Danielle ihrem Mann, zumindest was die Vorgänge bei Kalinkas mysteriösem Tod betrafen. Allerdings kam ihr was zu Ohren, das den Glauben an ihn infrage stellte. Ausgerechnet ihre Nachbarin Barbara teilte ihr mit, was sie zuerst nicht glauben, ja vielleicht sogar ungern hören wollte.

„Danielle", sagte sie gestern zu ihr. „Ich war mit meinem Mann wie so oft die letzten Jahre in Hard. Auf der österreichischen Bodenseeseite ist ein riesiges FKK-Gelände, das wir häufig bei schönem Wetter aufsuchen. Und weißt du, wen wir da im Wasser entdeckt haben?"

„Nein, wen?", fragte sie perplex.

„Deinen Gatten!"

„Dieter? Bist du sicher?"

„Ganz sicher, auch wenn er eine Sonnenbrille und einen Strohhut trug. Auch Manfred hat ihn erkannt."

„Habt ihr ihn angesprochen?"

„Nein."

„Warum nicht? Er kennt euch doch?"

„Sicher kennt er uns. Vermutlich ist er deshalb vor uns geflüchtet."

„Warum sollte er das tun?"

„Weil es ihm wahrscheinlich peinlich war, dass wir ihn mit seiner Begleitung sahen."

Danielle schluckte. „Begleitung? Wem?"

„Der blonden Nachbarstochter!"

Seitdem glaubte sie ihm nicht mehr, wenn er erzählte, dass er zum „Tennisspielen" ging. Das Vertrauen war dahin. Wahrscheinlich trieb er solche Spielchen schon länger während ihrer knapp siebenjährigen Ehe. Immer mehr Zweifel kamen bei ihr. War es richtig, wegen „ihm" ihre fünfzehnjährige Ehe mit Andre zu beenden? Von Frankreich wegzuziehen? Hier ein Hausfrauendasein zu fristen und gelegentlich in seiner Praxis auszuhelfen, wo auch schon manche über ihn und sie tuschelten?

Nein, das konnte es doch nicht gewesen sein!

Gegen fünfzehn Uhr am Nachmittag fuhr sie mit ihrem VW Golf in die Stadt. Sie hatte einen Termin bei einem neuen Optiker in der Fußgängerzone von Lindau. Es machte sich eine leichte Weitsichtigkeit bei ihr bemerkbar, sowas kam häufig mit vierzig. Ideal, dass eine bekannte Brillenkette eine neue Filiale mit hohen Rabatten eröffnete. Sie parkte in der Nähe der Post und griff nach hinten zu ihrer Handtasche. Nichts. Scheiße, sie hatte sie daheim vergessen. Sie brauchte Bargeld oder eine EC-Karte zum Bezahlen. Sie musste einen Abstecher zu der Praxis ihres Mannes machen, um Geld zu holen. Kleinere Beträge oder eine Scheckkarte hatte er immer dabei. Zudem war die Praxis heute nur bis vierzehn Uhr geöffnet, wie jeden Mittwoch. Dieter machte dann meistens Büroarbeit oder Hausbesuche. Zehn Minuten später stand sie vor der Praxis.

„Hallo Frau Bamberg, wie geht's?", fragte Sabine, die ältere der beiden Sprechstundenhilfen, als sie durch die Tür kam.

„Gut, und Ihnen?"

„Es geht, viel Stress. Heute war es sehr ruhig."

„Ich hab meine Handtasche daheim vergessen. Ich brauch Geld oder einen Scheck von meinem Mann. Ich bekomm eine Lesebrille."

„Gehen Sie zur neuen Fielmann-Filiale?"

„Genau, da gibt's heut alles zum halben Preis. Wo ist Dieter? In seinem Arztzimmer?"

„Nein, er ist heute schon um zwölf Uhr weg."

„Was, schon so früh? Wo ist er denn hin?"

„Ich äh ... weiß es nicht."

„Das klingt aber nicht so glaubwürdig. Wissen Sie's wirklich nicht oder wollen Sie es nicht sagen?"

„Okay, ich sag's Ihnen. Aber Sie müssen mir eins versprechen."

„So? Was denn?"

„Dass Sie es nicht von mir erfahren haben."

„Mach ich, Ehrenwort!"

„Er ist mittags in seinem Porsche weg, ich hab's vom Fenster aus gesehen."

„Und wohin?"

„Weiß nicht, aber er hatte eine Begleitung."

„Was? Wen?"

„Rebecca Feneberg, eine achtzehnjährige Patientin."

Jetzt wussten es auch hier bald alle, dass ihr Mann ein notorischer „Fremdgeher" war.

Abends stellte sie ihn zur Rede, er stritt alles ab, sagte ihr, dass er die Patientin „nur" heimfahren wollte, weil der nächste Bus nach Tettnang angeblich erst in vier Stunden fuhr. Aber es war vorbei, sie glaubte seinen Aussagen nicht mehr. Er hatte sie schon zu oft angelogen.

Vier Wochen später.

Sie lud ihren VW Golf bis zur Dachkante voll. Er versuchte, sie zu überreden, dass sie blieb, aber sie hatte die Schnauze endgültig von ihm voll. Er gab ihr das Auto als Abschiedsgeschenk mit 50.000 Mark „Taschengeld".

Ihr Ziel war noch unklar, aber weg aus Deutschland. Zurück nach Frankreich, es würde sich schon eine Möglichkeit für einen Neubeginn finden.

Ihr Aufenthalt in Deutschland war zu Ende.

Danielle Bamberg wurde in Lindau nie wieder gesehen.

22. Kapitel

Lindau/Bodensee. Juni 1985, zehn Tage vor Pfingsten.

Mittlerweile sprach kein Mensch mehr in Lindau über den „Fall Kalinka". Gott sei Dank, dachte sich Dieter Erding, als er mit seinem Porsche an diesem Tag in die Praxis fuhr. Dass über ihn trotzdem getuschelt wurde, lag mehr an seinen zahlreichen Treffen, vorwiegend mit Frauen, versteht sich. Und je jünger, umso besser, das war ja eh klar. Aber er konnte ja schließlich nichts dafür, dass er so gebildet und charmant war, und noch dazu einen guten Beruf hatte, das gefiel halt einem großen Teil des weiblichen Geschlechts. Nur einmal hätte er bald größeren Ärger bekommen, als er sich mit Nachbars Tochter Nadine zu intensiv beschäftigte. Und dann machte Nadines Mutter etwas, das er niemals für möglich gehalten hätte. Um Beweise für die Polizei zu haben, legte sie sich auf die Lauer und machte Bilder mit ihrer Kamera, als die beiden Zärtlichkeiten austauschten im Auto und in der Sauna. Auf was für Ideen die Leute heutzutage kamen. Die Eltern hatten ihm mit einer Anzeige gedroht, da beschloss er, es zu beenden. Schließlich hatten ja andere Frauen auch noch hübsche Töchter, die nicht gleich so ein Theater machten. Und dann erzählte die geschwätzige „Nachbars-Tante" auch noch Danielle, dass er am FKK-Strand von Hard gesichtet wurde, mit einem Mädchen. Dämliche, geschwätzige Nachbarn, nirgends war man vor ihnen sicher. Und dann verschwand Danielle, er benötigte bald adäquaten Ersatz, jemand musste sich doch um die Wäsche und den Garten kümmern. Bereits die dritte Ehe, die scheiterte, war er dafür vielleicht nicht geeignet? Außerdem benötigte er wieder jemanden für seine Praxis, zumindest auf Teilzeit. Er hatte doch extra Danielle so prima „eingearbeitet", denn die anderen beiden, die er hatte, waren teilweise überlastet, und eine hatte auch schon mit einem Wechsel zu einem anderen Arzt kokettiert. Das war ärgerlich, denn auch sein Personal hatte eine gewisse Fluktuation, die die Patienten nicht sehr gern mochten. So wie Christiane, die seit fast zwei Jahren in seine Praxis kam. Sie war zwar blauäugig, stark übergewichtig und roch immer stark nach Nikotin, war aber sonst ganz nett, und hatte eine reizende fünfzehnjährige Tochter, die schon mal dabei war, als sie in die Sprechstunde kam. Im Vergleich zur Tochter war die Mutter figürlich genau das Gegenteil. Während das Mädchen rank und schlank war, und schon eine süße kleine Oberweite hatte, war die Mutter mit knapp eins sechzig und fünfundachtzig Kilo eindeutig um dreißig Kilo zu schwer. Auch heute kam sie wieder um zehn, als er gerade in seinem Chefsessel saß und einen Schluck aus seinem starken Kaffee nahm. Sabine, die jüngere seiner zwei Arzthelferinnen, klopfte an.

„Herr Doktor, Frau Bartl ist jetzt im Behandlungszimmer zwei."

„Alles klar, ich komm gleich." Er schüttete den Rest seines Kaffees in einem Zug hinunter und ging in den kleineren der beiden Behandlungsräume.

„Guten Morgen, Frau Bartl, wie geht's?", fragte er und reichte ihr die Hand. Sie gab ihm ihre kleine schwitzende

Hand und saß mit T-Shirt und knielangem Rock auf der Liege. Sie war rothaarig und Mitte vierzig.

„Morgen Herr Doktor. Es geht so."

„Klingt ja nicht so überzeugend. Haben Sie regelmäßig die blutdrucksenkenden Tabletten genommen?"

„Sicher, Dr. Erding, trotzdem schießt er manchmal in die Höhe. Beim Treppensteigen komm ich öfter in Atemnot."

„Frau Bartl, die Tabletten allein sind zu wenig, Sie müssen unbedingt abnehmen. Haben Sie an dem Gymnastikprogramm teilgenommen, das Ihnen die Krankenkasse voll bezuschusst?"

„Äh, noch nicht. Der Kurs war voll, aber die nächsten Wochen leg ich auf jeden Fall los."

„Sie müssen unbedingt was tun, Frau Bartl. Zwanzig Kilo müssen die nächsten zwölf Monate runter. Das sind etwa zwei pro Monat, das ist zu schaffen."

„Ich versuch es, Herr Doktor. Aber Sie wissen ja, ich bin alleinerziehend und arbeite noch vierzig Stunden im Monat. Da ist die Zeit knapp. Soll ich mich zur Untersuchung oben freimachen."

„Ja, das ist besser. Legen Sie Ihren BH auf die Liege." Sie öffnete den Verschluss, und ihre großen hängenden Brüste fielen fast bis zu ihrem Bauchnabel. Um die Herztöne zu messen, wäre das zwar nicht nötig gewesen, aber sie stellte bei jedem Besuch diese Frage. Und er dachte sich, lieber ein großer Hängender, als gar keine Titten zu sehen. Dann legte er eine Manschette um ihren fleischigen Oberarm und maß den Blutdruck.

„180 zu 95, eindeutig zu viel. Wann haben Sie zuletzt eine Tablette genommen?"

„Vor knapp drei Stunden."

„Nehmen Sie gleich noch eine, ich mach Ihnen ein Glas Wasser voll." Er schenkte ihr ein Glas ein und reichte ihr eine Tablette. Sie schluckte gierig und trank das Glas auf einen Zug leer.

„Und heute am späten Nachmittag nehmen Sie die nächste."

„Mach ich, Doktor." Sie beugte sich auf und sah ihn an. „Soll ich mich wieder anziehen?"

„Ja, können Sie."

„Ich wüsste auch noch, wo ich ein paar Kilo verlieren könnte."

„Wo denn?"

Sie nahm ihre rechte Hand und legte sie unter die linke Brust, dann hob sie ihren großen Busen an. „Hier!"

Er sah sie an. „Sie meinen, Ihre Brüste sind zu groß?"

„Viel zu groß, ich habe 95 F, viel zu viel Gewicht. Das sind einige Kilo, die ich unnötig mit mir herumschleppen muss. Manchmal habe ich Rückenschmerzen. Meinen Sie nicht, ich sollte sie verkleinern lassen?"

„Sie haben nicht ganz unrecht, aber das kostet auch einiges. Die Kassen zahlen entweder gar nichts oder gelegentlich einen Teil der OP."

„Es gibt doch hier diese neue Schönheitsklinik dieses Professor Dr. Mang? Sollte ich da mal hin?"

„Sie können sich ja mal informieren, was es kosten würde mit Verkleinern und Straffen. Ich schreib Ihnen gern ein Attest, das legen Sie mal der AOK vor. Wenn es medizinisch begründet ist, gibt's meistens größere Zuschüsse."

„Das wär super, Herr Doktor?"

„Wie geht's eigentlich Ihrer Tochter Nadine, Frau Bartl?"

„Ach, eigentlich ganz gut. Wir wollten gemeinsam an Pfingsten an die Côte d'Azur fahren. Ihre Freundin wollte auch mit."

„Und starten Sie jetzt nicht?"

„Zum einen hab ich Bedenken wegen meinem Herz und Blutdruck, zum anderen, ganz offen gesagt, Herr Erding, ich hab gerade knappe Kasse. Ich hab erst letzten Monat mein Schlafzimmer eingerichtet, und jetzt ist Ebbe im Geldbeutel. Für Nadine und Alexandra wär das natürlich ärgerlich, die hatten sich schon so drauf gefreut."

Erding wurde hellhörig. Das hörte sich ja „gut" an. Er überlegte kurz und fragte sie: „Ich hätte einen Tipp."

„Was? Welchen?"

„Wie die beiden Mädls auch ohne Sie nach Südfrankreich kommen."

Sie sah ihn erstaunt an. „Ja? Wie?"

„Ganz einfach, sie fahren mit mir!"

Ihr zitterten die Hände, als sie den BH anlegte und den

Verschluss zumachen wollte. „Ist das Ihr Ernst?"

„Natürlich, ich wollte schon lange wieder mal nach St. Tropez. Und meine Partnerin ist momentan stark erkältet und wollte übers Wochenende eh lieber daheimbleiben und auf der Terrasse liegen."

„Und sie hätte nichts dagegen, wenn Sie sie alleine lassen und mit zwei Mädchen dahin fahren?"

„Warum sollte sie? Sie weiß, dass ich sehr kinderlieb bin und mich auch mit Jugendlichen sehr gut verstehe."

„Und die Zimmer und die Kosten?"

„Ich habe gute Beziehungen zu drei Hotels in Nizza und St. Tropez, da kriege ich auf jeden Fall ein Doppelzimmer, wo man auch noch ein weiteres Bett dazustellen kann. Da sehe ich keinerlei Probleme. Und selbstverständlich zahlen Sie dann nichts, das übernehme logischerweise ich."

„Dr. Erding, Sie sind ein Schatz. Ich frage gleich die zwei daheim, ob sie mit Ihnen fahren möchten."

Dann zog sie sich an und ging. Gut, dass sie nicht einen Blick auf seine weiße Arzthose geworfen hatte. Sonst wäre ihr die mächtige Beule in seinem Schritt aufgefallen, als er ihr zum Schluss die Hand reichte.

23. Kapitel

Lindau, wenige Tage später.

Drei Tage vor dem Pfingstwochenende holte Dr. Erding die beiden Mädchen Nadine und Alexandra ab, wie er mit Christiane Bartl vereinbart hatte. Die beiden Fünfzehnjährigen warteten freudestrahlend an der Haustür, als er mit seinem Zweitwagen, einem 500er Mercedes, kam. Auch Christiane Bartl stand am Eingang und sah zu, wie er ihnen die Reisetaschen in seinen Kofferraum schmiss. Sie hatten vereinbart, neun Tage zu bleiben, vier Tage in St. Tropez und fünf Tage in Nizza. Frau Bartl war froh, dass die zwei jungen Mädchen in guten Händen waren. Um ihr Wohlergehen machte sie sich deshalb keine Sorgen.

Sechs Stunden später waren sie bereits bei strahlendem Sonnenschein in St. Tropez angekommen. Sie bezogen ihr Zimmer, eine große Suite im Sheraton, einem 5-Sterne-Hotel. Dass sie sich gemeinsam eine Suite teilten, hatte die Mädchen im Vorfeld nicht gestört. Die ersten beiden Tage in St. Tropez verliefen ganz nach dem Geschmack der beiden Mädchen. Die Teenys gingen jeden Abend in die angesagtesten Discos, mit ihrem wohlhabenden „Onkel", der ihnen alles bezahlte, was sie wollten. Für Außenstehende hatte es den Anschein, dass die Mädchen mit ihrem Vater unterwegs waren. Keine Party, die angeboten wurde, ließen sie aus. Tagsüber lagen sie am

Strand oder mieteten ein Boot und trieben auf dem Wasser. Egal was sie kaufen wollten, ob Schmuck im Ort oder ein Handtuch von einem Beach-Verkäufer, wenn es nicht gerade astronomisch hoch war, bezahlte es Erding.

Nur am dritten Tag zog es Alexandra relativ früh abends ins Hotelzimmer zurück, was ihre Freundin sehr erstaunte. Sie tanzten wie am Abend zuvor im „Jet-In", einer Nobeldisco im Zentrum von St. Tropez. Nachdem sie an der Bar einen Cocktail geschlürft hatten, brach Alexandra gegen dreiundzwanzig Uhr auf. Nadine informierte Erding, der auf der Terrasse eine Zigarette rauchte und ein Glas Sekt in der Hand hielt. Anscheinend hatte er einen „Angriff" auf eine brünette hochgewachsene Lady vor, die ihn mit ihren Plateauschuhen, grünem Minirock und Long Drink in der Hand anstarrte. Langsam bezweifelte Nadine aber, dass er eine Partnerin hatte, bei dem, was sie beide die letzten achtundvierzig Stunden Tag und Nacht sahen. Er nickte kurz, als sie ihn unterrichtete, und prostete der Lady mit Anfang dreißig zu, die ihn um eine Stirnlänge überragte. Dann sprang Nadine aus der Disco, weil Alexandra nicht auf sie gewartet hatte. Die Disco lag nur etwa hundert Meter von ihrem Hotel entfernt, und als Nadine an die Hoteltür klopfte, war Alexandra schon unter der Dusche.

„Warum wolltest denn auf einmal so abrupt abhauen?", fragte sie, als Alexandra aus der Dusche kam. „So früh wolltest du doch noch nie zurück."

„Mir reicht's!"

„Was reicht dir? Du sprichst in Rätseln."

„Der dämliche Typ nervt mich."

„Erding? Warum denn?"

„Bist du blind? Hast du nicht mitbekommen, wie er sich Tag und Nacht an mich reinschmeißen will?"

„Er hat mit dir getanzt und den Arm um dich gelegt. Das ist doch nicht so schlimm."

„Nicht so schlimm? Die ganze Zeit beim Tanzen hat er versucht, mir seine Zunge in den Mund zu stecken. Und wegschieben musste ich ihn auch. Er wollte ständig mit mir eng tanzen und sich an mir reiben. Ich hab gespürt, dass er einen Ständer in der Hose hatte."

Nadine war perplex. „War das wirklich so extrem? Ist mir gar nicht aufgefallen."

„Ist dir nicht aufgefallen, wie er uns ständig hinterherstiert, wie er sich aufgeilt, wenn wir oben ohne sonnen wollen? Der Typ ist doch krank und pervers."

„Na ja, so schlimm seh ich's jetzt auch wieder nicht. Schließlich zahlt er uns ja alles."

„Ach, und deshalb sind wir das Freiwild für ihn, und er kann mit uns tun und machen, was er will?"

„Okay, wahrscheinlich steigt er dir mehr hinterher als mir. Du bist fraulicher, größer, und hast doppelt so große Brüste wie ich. Das törnt ihn wahrscheinlich an. Dass er einen Blick auf dich geworfen hat, war mir schon bewusst. Aber jetzt müssen wir das Beste daraus machen. Was schlägst du vor?"

„Ich will so schnell wie möglich wieder weg von hier. Es ist der dritte Tag, ich hab keine Lust, noch weitere sieben an seiner Seite zu verbringen."

„Gut, dann sagen wir ihm morgen nach dem Frühstück, dass wir heimwollen. Wenn er das ablehnt, dann fahren wir mit dem Zug. Es gibt eine gute Zugverbindung über die Schweiz nach Lindau zurück."

„Was glaubst du, warum er unbedingt mit uns ein Zimmer wollte? Doch nur, um sich uns anzunähern. Wenn wir noch weitere Nächte mit ihm zusammen sind, wer weiß, was ihm noch alles einfällt? Ich verstehe deine Mutter nicht, dass sie nicht auf zwei Suiten bestanden hat. Nur weil sie auf den geilen Sack steht, er aber gar nichts von ihr wissen will."

„Okay, reg dich wieder ab, Alex. Wir werden die Nacht schon noch rumkriegen, dann werden wir das Ganze beenden. Keine Panik."

„Sollen wir unsere Taschen gleich packen?"

„Nein, jetzt übertreib's nicht. Wir schlafen jetzt acht bis neun Stunden, sagen es ihm dann gleich beim Frühstück und hauen dann ab. Entweder mit oder ohne ihn. Und eines kannst du mir glauben …"

„Was?"

„Ich kam als Jungfrau hierher und fahr auch als solche wieder heim!"

24. KAPITEL

Am Tag darauf, 10.30 Uhr vormittags.

Nadine rieb sich die Augen und streckte sich. Sie blickte zum Fenster und sah den strahlend blauen Himmel, trotz der braunen Vorhänge, die den Raum verdunkelten. Beim Blick auf die rechte Seite bemerkte sie, dass Alexandra nicht mehr neben ihr lag. Sie hatten sich jetzt drei Nächte ein Doppelbett geteilt, während Erding eine breite Schlafcouch im Wohnzimmer der Suite hatte.

„Alex! Bist du schon auf?", rief sie nach ihrer Freundin, wohlwissend, dass sie schon auf sein musste, außer sie war nur auf der Toilette.

„Ich mache Kaffee, Nadine", schallte es aus der Küche zurück. „Steh auf, du Faulpelz, wir wollten doch heut Mittag fahren." Sie stand auf und zog sich ein T-Shirt über, schließlich konnte auch Erding in der Küche sein, der brauchte sie nicht nackt sehen, wie sie geschlafen hatte.

Als sie in die Küche ging, stand nur Alexandra da und machte ein paar Brötchen. „Seit wann bist du schon auf?"

„Gut zwanzig Minuten, Erding hat uns nicht geweckt. Er ist allein zum Frühstücksbuffet. Da gibt's nach zehn nichts mehr."

„So ein Idiot!", schimpfte Nadine und machte sich eine Tasse Kaffee voll. „Er hätte uns ja wirklich um neun Uhr wecken können. Sag mal, kannst du dich erinnern, was geschah, als wir gestern kurz vor Mitternacht ins Bett gingen? Dann tauchte doch Erding irgendwann Stunden später auf und unterhielt sich mit jemand?"

„Ja, ich hab's auch gehört. Eine Frauenstimme. Vermutlich hat er gestern in der Disco noch erfolgreich eine Tussi abgeschleppt."

„Dann war das, was ich hörte, doch kein Traum. Es waren ihre Geräusche, als sie bumsten."

„Du sagst es. Ich steckte mir ‚Ohropax' rein und hab sie trotzdem rammeln gehört."

„Dann wird er mit ihr zum Frühstücken sein und konnte uns nicht dabei brauchen."

„Vermutlich. Wir müssen ihm unbedingt die nächsten Stunden sagen, dass wir heimwollen. Dass er das Hotel in Nizza schnellstmöglich stornieren kann. Lass uns gleich nach ihm sehen, bevor wir ihn den ganzen Tag bis zum Abendessen nicht mehr finden."

„Okay, trinken wir den Kaffee und essen die gemachten Brötchen, unten werden wir nichts mehr kriegen."

Zehn Minuten später zogen sie ihre Jeansshorts an und liefen in den Frühstückssaal des Nobelhotels. Wie nicht anders von ihnen erwartet, war der Saal längst leer, und die Servicekräfte räumten auf.

„Er wird mit der Tussi bestimmt schon am Strand liegen", meinte Nadine, und sie verließen das Hotel. Die Sonne brannte vom stahlblauen Himmel, und sie beschlossen, erst etwas in der Flaniermeile von St. Tropez zu bummeln, bevor sie an den Strand gingen. Vor allem Alexandra zog immer wieder die Blicke der vorbeischlendernden Männer auf sich. Sie war eins fünfundsiebzig groß, schlank, hatte einen knackigen Hintern und eine beträchtliche Oberweite, die oft gierige Männerblicke auf sich zog. Nadine war zehn Zentimeter kleiner und etwas kräftig, aber nicht dick. Beide kannten sich seit Jahren von der Schule. Keine von ihnen hatte bisher einen festen Freund gehabt, außer ein paar kleineren Flirts, die bisher harmlos endeten. Nachdem sie ein paar kleinere Einkäufe getätigt hatten, saßen sie in einem Straßencafé und sahen den vorbeilaufenden Leuten zu.

„Weißt du was, Nadine? Wir leihen uns ein Tretboot und fahren heute ein wenig aufs Wasser raus. Es ist fast windstill und es ist kaum ein Wellengang."

„Ja gern, nur faul rumliegen ist mit der Zeit eh langweilig. Wir können ja dann draußen noch ein bisschen schnorcheln und oben ohne im Boot sonnen."

„Ja genau, das ist hier am Strand eh verpönt. Und außerdem geilen sich die Typen nur an unseren Möpsen auf", meinte sie lachend.

Sie legten ihre Einkäufe aufs Zimmer, zogen sich ihre Bikinis an, und liefen zum hundert Meter entfernten Strand runter. Der feinsandige Strand war stark frequentiert, und es gab nur noch wenige freie Plätze. Bevor sie zum Bootsverleih gingen, stieß Alex ihre Freundin auf einmal an.

„Ich hab unseren Playboy gesichtet."

„Wo?"

„Schau nicht so auffällig hin, nicht dass er uns entdeckt. Er liegt zehn Meter rechts von der Strandbar auf einem Liegestuhl."

Nadine sah zur Strandbar und erkannte ihn, mit breitem Strohhut und weißer Badehose, neben sich eine rothaarige Frau, vielleicht Ende zwanzig.

„Scheint wieder kräftig am Anbaggern zu sein, unser geiler alter Bock."

„Ja, wenn du mit dem verheiratet wärst, wärst du gestraft fürs Leben. Möchte nicht wissen, wie oft er schon seine Partnerinnen betrogen hat."

„Kein Wunder, dass seine letzte Ehefrau geflüchtet ist."

Sie versuchten möglichst unauffällig zu den Booten zu gehen und mieteten sich für zwei Stunden ein Tretboot. Gemächlich fuhren sie bei brütender Hitze vom Strand weg und ließen sich weiter draußen im Wasser treiben. Dann als kaum jemand in der Nähe war, zogen sie ihre Oberteile aus und ließen sich bräunen, während das Boot leicht im sanften Wellengang schaukelte. Wegen der Windflaute waren auch keine Segler und Surfer auf dem glitzernden Wasser.

„Okay, lass uns zurücktreten, Nadine", meinte Alex nach neunzig Minuten.

„Ja, heute reicht's mir mit Sonnen."

Sie schipperten gemächlich zum Ufer und konnten Erding nicht mehr an seinem Platz entdecken.

„Entweder ist er im Wasser oder, was wahrscheinlicher ist, er ist zum Bumsen aufs Zimmer."

„Ja, hier im Wasser wird er keinen hochkriegen", meinte Alexandra lachend, und der Helfer des Verleihs zog sie die letzten Meter zur Anlegestelle.

Die nächsten Stunden lagen sie unter dem Sonnenschirm am Strand, hörten Musik und lasen ein Buch. Gegen halb sechs zogen sie sich um und gingen ins Hotel zurück. In ihrer Suite sahen sie von Erding nichts.

„Er sitzt wahrscheinlich schon beim Abendbuffet, lass uns auch gehen, Nadine, damit wir ihn endlich fragen können."

Sie zogen sich beide ein Kleid an und gingen in ihren Sandaletten zum Buffet. An Tisch Nummer siebzehn, der für sie seit der Ankunft reserviert war, saß er und sah sie lächelnd an.

„So Mädls, sieht man euch auch mal wieder?" Seit sie angekommen waren, hatte er ihnen das „Du" angeboten.

„Ja, du siehst uns nicht, weil du so viele andere Bräute entdeckst."

„Na ja, im Urlaub soll man sich ja vergnügen, und meine Partnerin ist ziemlich tolerant."

„Ach so, na klar", meinte Nadine und holte sich am Salatbuffet eine volle Schüssel, während ihre Freundin sich eine Suppe holte.

Als sie alle gemeinsam am Tisch saßen, begann nach einer kurzen Pause Nadine: „Dieter, wir wollten es dir eigentlich schon beim Frühstücken sagen, du hast uns aber nicht geweckt und bist allein hin."

„Was wolltet ihr mir sagen?"

„Wir wollen heim!"

„So schnell? Wir haben ja noch nicht mal die Hälfte des Urlaubs verbracht."

„Alexandras Mutter geht's nicht so gut, und wir bekommen überraschend Besuch", log sie. Ihr war es peinlich, die wahren Gründe zu nennen.

„Das wär ja schade", meinte er. „Dann muss ich das Zimmer in Nizza stornieren, wo wir morgen nach dem Frühstück hinfahren wollten."

„Das wär uns sehr recht, Dieter."

Er grinste schelmisch. „Darf ich euch dann nach dem Essen wenigstens noch auf einen Cocktail einladen?"

„Ja", meinte Alexandra, „aber nicht außerhalb des Hotels."

„Wo wär's euch am liebsten?"

„Entweder an der Hotelbar oder in unserer Suite auf dem Balkon."

„Gut, dann komm ich vor zehn aufs Zimmer, ich habe in einer Stunde noch ein kleines Date."

Zwanzig Minuten später verließ er den Tisch und holte sich auf dem Zimmer seine Jacke und etwas Geld.

„Ich hab nicht mal mehr Lust, mit ihm noch was zu trinken", meinte Alexandra und schleckte an ihrem Tiramisu.

„Wir stoßen halt einmal mit einem Glas mit ihm an, dann

verziehen wir uns ins Bett. Zu unfreundlich können wir jetzt auch wieder nicht sein, er zahlt hier fast 2 000 Mark für uns."

„Und was machen wir zwei Hübschen bis dahin?"

„Wir gönnen uns noch in der Wellness-Abteilung ein Blütenbad und eine Massage."

„Gute Idee, und dann noch einen Champagner an der Bar des Hauses."

„Einverstanden. Dann werden wir die letzte Nacht mit diesem dämlichen Lackaffen schon noch rumkriegen."

„Darauf stoßen wir an, Nadine."

Sie erhoben ihre Gläser und hätten nicht im Traum daran gedacht, dass ihre letzte Nacht in einigen Jahren von elementarer Bedeutung für einen späteren Prozess sein würde.

Eine Nacht, die sie nie wieder vergessen würden.

25. Kapitel

Zur gleichen Zeit in Toulouse.

Andre Bamberg hatte mittlerweile Tausende von Franc in weitere Untersuchungen und Ermittlungen investiert. Fast drei Jahre lang versuchte er jetzt, die französische Justiz dazu zu bringen, endlich Dr. Erding einen „eigenen" Prozess zu machen. Für die deutschen Ermittler hatte er nur noch Hohn und Verachtung übrig. Nur zwei Wörter fielen ihm dazu ein, die er auch in mehreren Interviews häufig nannte: Komplott und Vertuschung!

Warum das so war, konnte er sich auch nicht erklären. Entweder hatte Erding wirklich so einflussreiche Freunde oder die deutsche Justiz war wirklich so dumm und stümperhaft, was er sich trotz schlechter Meinung kaum vorstellen konnte. Ein früherer Nachbar aus Marokko brachte Dr. Erding sogar mit dem Geheimdienst in Deutschland in Verbindung, was ihm aber zu weit hergeholt erschien. Auch sein Anwalt war schockiert über so viel Nachlässigkeit und Schlamperei, wie er es nannte. Allerdings war es Lefort auch jetzt, drei Jahre später, noch nicht gelungen, einen Prozess zu erwirken auf französischem Boden, was Bamberg auch schwer enttäuschte. Einzig und allein die Presse grub immer wieder was aus Erdings zwielichtiger Vergangenheit aus, was den Fall nicht in Vergessenheit geraten ließ. Dabei kam einiges Interessante ans Licht der Öffentlichkeit, unter anderem, dass Erdings erste Frau ebenfalls unter äußerst mysteriösen Umständen gestorben war! Ähnlich wie bei Kalinka, hervorgerufen durch eine Spritze, wie Bamberg nachlesen konnte. Angeblich um ein Thrombose-Risiko auszuschließen. Das konnte doch kein Zufall sein, oder doch? Viele offene Fragen und keine befriedigenden Antworten. Des Weiteren erfuhr er von seiner „Bekannten" aus Friedrichshafen, dass sich seine Ex-Frau Danielle seit einigen Wochen von Erding getrennt hatte. Wohin sie gezogen war, wusste aber niemand so genau. Wenigstens hatte Danielle eingesehen, dass es besser war zu flüchten, bevor sie noch viele weitere Male betrogen wurde. Seine „Portokasse" war auf jeden Fall noch gut genug gefüllt, um weitere Untersuchungen und Überwachungen gegen Erding anzustellen.

Im deutschen Untersuchungsbericht fielen seinem Anwalt Lefort weitere Ungereimtheiten auf; es konnte bis dato nicht aufgeklärt werden, weshalb die Allgäuer Mediziner bei der Obduktion des Leichnams darauf verzichtet hatten, eine feingewebliche Untersuchung vornehmen zu lassen. Ebenso wurde im Genitalbereich des Mädchens nicht nach eventuellen nachweisbaren Spuren von Körperflüssigkeiten oder Sperma gesucht. Die französischen Ärzte stellten trotz der entfernten Schamlippen eine kleine Risswunde am Scheideneingang von gut einem Zentimeter fest. Bei der Exhumierung in Frankreich ergab sich ferner nicht nur, dass Kalinkas Schamlippen entfernt wurden, sondern auch der „Rest" ihrer Vagina größtenteils verwest war. Der französische Justizminister wie auch Teile der Regierung und Bevölkerung waren bestürzt, als sie diese Details erfuhren. Sie bezeichneten die Vorgehensweise der Deutschen als zutiefst beschämend, inakzeptabel, amateurhaft und bestürzend. Die französische Presse und Teile der Bevölkerung gebrauchten noch ein viel härteres Vokabular.

Für Andre Bamberg stellte sich jetzt nur eine Frage:

Wie könnte er diesen Mann zur Rechenschaft ziehen, der anscheinend gewollt oder ungewollt, aber mit Schutz der regionalen Behörden gedeckt wurde? Und vor allem: Wie viele Opfer gab es noch von Dr. Erding, von denen noch niemand was wusste?

Es wurde Zeit, wieder vor Ort aktiv zu werden. Wenn diesem Mann keiner das Handwerk legte, dann musste jemand vom Ausland kommen, um das voranzutreiben.

26. Kapitel

St. Tropez, am Tag darauf. Zwei Stunden vor der Abreise.

Als Nadine erwachte, fiel ihr Blick zuerst an die Hoteldecke. Irgendwie fühlte sie sich seltsam, als wäre sie von einem Laster überrollt worden. Sie hatte Gliederschmerzen und ihr Kopf dröhnte wie nach einem üblen Besäufnis. Aber sie hatten gestern doch gar nicht mehr so viel getrunken? Sie beugte sich hoch und der Schwindel erfasste sie so stark, dass sie sich an der Bettkante festhalten musste, um nicht auf den Boden zu kippen. Sie blickte nach rechts und sah Alexandra tief und fest schlafen. Beim Blick auf die Uhr sah sie die Ziffern leicht verschwommen, sechs Uhr. Die Sonne ging langsam auf. Sie wollten doch heute zeitig abreisen und spätestens um neun beim Frühstück sitzen, aber eine Stunde könnte sie Alex noch schlafen lassen. Sie versuchte aufzustehen und merkte, wie ihre Beine zu zittern anfingen. Woher verdammt kam dieser üble Zustand? An der Wand sich abstützend, schwankte sie zur Toilette, ihre Blase ließ ihr zu keinen längeren Überlegungen mehr Zeit. Sie überlegte kurz, ob sie Alexandra wachschreien sollte, verwarf es aber wieder. In dem Moment, als sie sich auf die Klobrille setzte, wurde der Brechreiz so stark, dass sie es nicht mehr verhindern konnte. Fast zur gleichen Zeit, als die ersten Tropfen kamen, schoss ein Schwall Erbrochenes aus ihr heraus. Sie beugte ihren Kopf zwischen ihre Beine und der Strahl spritzte vor ihr auf den Boden. Gott sei Dank konnte sie sich fangen, beinahe wäre sie noch von der Klobrille gekippt. Sie stöhnt laut auf, und beim Anblick der Kotze wurde ihr noch übler. Dann merkte sie ein Brennen beim Wasserlassen, als ob ein Feuerzeug zwischen ihrer Scheide brennen würde. Als sie fertig war, wischte sie sich mit Klopapier ab und sah sich das Papier an. Es waren Blutstropfen zwischen den letzten Urintropfen! Es konnte unmöglich ihre Periode sein, die war erst seit acht Tagen zu Ende. Als sie sich aufrichtete, sah sie vor dem Spülen in die Schüssel. Auch ihr Urin dort war mit Blut vermischt. Dann fiel ihr was Weiteres auf: Es lagen noch Reste von Erbrochenem in der Schüssel, aber nicht von ihr! Sie hatte sich ja nicht über die Schüssel gebeugt. Immer noch schwindlig, stützte sie sich an der Wand ab, ihr Kreislauf spielte total verrückt. Erst jetzt fiel ihr auf, dass sie ganz nackt war. In der Regel ließ sie zumindest immer ihren Slip an. Hatte sie jemand ausgezogen? Nachdem sie einen Schluck Wasser vom Wasserhahn getrunken hatte, wankte sie zum Bett zurück. Als sie sich zitternd hinsetzte, hielt sie inne und sah Alexandra an. Sie regte sich und öffnete ihre Augen.

„Alex, bist du schon wach?"

„Ja, seit einer halben Stunde. Mir geht's zum Kotzen."

„Mir geht's auch nicht viel besser."

„Warst du heut Nacht schon auf dem Klo und hast gekotzt?"

„Ja, vor knapp einer Stunde, dann hab ich eine Schlaftablette geschluckt und mich wieder hingelegt."

„Was spürst du an deiner Scheide?"

„Sie brennt etwas, ich hab vorhin einen Strich Salbe draufgeschmiert."

„Darf ich sie kurz ansehen? Hast du Blut bemerkt?"

„Ja, einige Tropfen."

„Spreiz mal deine Beine, ich schau sie mal an."

„Okay."

Zwei Minuten später sah sie ihr wieder in die Augen. „Alexandra, ich bin zwar kein Spezialist für weibliche Anatomie, aber ich würde sagen, du bist keine Jungfrau mehr?"

„Was?", schrie sie.

„Der Dreckskerl hat uns ‚eingeschläfert', dass wir nichts merken, während er uns vergewaltigt hat!"

Aus Scham verschwiegen sie dieses grauenvolle Erlebnis. Erst zwölf Jahre später, nach einem ähnlichen Vorfall, trauten sie sich, diesen Vorfall der Justiz anzuzeigen. Zum Glück für Dr. Erding.

27. Kapitel

Herbst 1985, Toulouse (Frankreich).

Über drei Jahre waren im „Fall Kalinka" vergangen, und Andre Bamberg befand sich auf dem Weg zum Staatsanwalt von Toulouse. Drei Jahre, in denen außer Papierkram und endlosen Telefonaten zwischen französischer und deutscher Justiz eigentlich kaum was passiert war. Und in Lindau praktizierte weiter ein dubioser Arzt und konnte von allem ungestört „arbeiten".

„Herr Bamberg, an Ihnen ist ein Justizbeamter verloren gegangen", sagte Staatsanwalt de Funes, als Bamberg in seinem Büro war.

„Warum? Weil in der Justiz so wenig produktiv gemacht wird in dem Fall?"

„Das dürfen Sie uns nicht vorwerfen. Wäre es bei uns passiert, säße der Arzt schon längst auf der Anklagebank und wäre verurteilt worden."

„Das Recht versagt im Fall eines eindeutigen Verbrechens, Herr de Funes. Was wird von französischer Seite gemacht?"

„Mehr als dem Gericht die Akten und Beweise vorzulegen, kann ich auch nicht machen."

„Glauben Sie nicht langsam, dass es sich hierbei um ein Komplott handelt?"

„Schwierig zu sagen, dazu kennen wir die Bekanntschaftsverhältnisse von Erding und den anderen Medizinern zu wenig."

„Und warum wird nicht endlich Anklage hier bei uns in Toulouse erhoben?"

„Anscheinend reichen dem Richter immer noch nicht die Beweise."

„Was fehlt denn noch zur Anklage? Das ist doch langsam ein Witz!"

„Fahren Sie wieder mal nach Lindau und schauen, was der liebe Doktor so treibt."

„Und dann? Soll ich ihn über die Grenze schleifen?"

„Keine schlechte Idee. Aber ich gebe Ihnen die aktuellen Ergebnisse der Untersuchungen. Verteilen Sie wieder Flugzettel, dass die Polizei vor Ort wieder auf Erding aufmerksam wird. Ich habe sogar ein Statement in der Süddeutschen Zeitung gelesen von einem der prominentesten Anwälte in Deutschland. Rolf Bossi. Seine Meinung wird mit Sicherheit große Aufmerksamkeit bringen. Viel Glück, Herr Bamberg."

„Danke, Herr Staatsanwalt."

Als Bamberg am nächsten Tag seinen Arbeitgeber darum bat, vierzehn Tage später frei zu bekommen, gab ihm sein Chef sofort eine Zusage. Er kannte die Geschichte um seine Tochter und konnte das langwierige Procedere in diesem Fall ebenfalls nicht nachvollziehen.

In den nächsten Tagen bereitete Andre Bamberg wieder ein

Schreiben vor, das er in Lindau und Umgebung in Umlauf bringen wollte, damit die Bevölkerung das Verbrechen nicht vergaß.

Das Schreiben hatte folgenden Inhalt:

WO BLEIBT DAS RECHT?

DREI JAHRE UND DREI MONATE SIND SEIT DEM TOD MEINER TOCHTER VERGANGEN. DREI JAHRE, IN DENEN KAUM WAS GESCHAH, UM DEN MÖRDER ZUR RECHENSCHAFT ZU ZIEHEN. DIE POLIZEI UND JUSTIZ IN DEUTSCHLAND LASSEN EINEN MANN UNGESCHOREN DAVONKOMMEN, DER BEREITS FÜR DEN TOD SEINER ERSTEN EHEFRAU VERANTWORTLICH WAR. AUCH HIER STARB EINE JUNGE FRAU MIT MITTE ZWANZIG UNTER MYSTERIÖSEN UMSTÄNDEN, DIE GENAUSO WENIG ÜBERPRÜFT WURDEN. VERMUTLICH KENNT DR. ERDING EINEN DER BEIDEN GERICHTSMEDIZINER, DIE MEINE TOCHTER UNTERSUCHT HABEN. MEHRERE DETAILS WURDEN VERSCHWIEGEN UND IN DEM BERICHT AN DIE STAATSANWALTSCHAFT VERKÜRZT ODER GAR NICHT WIEDERGEGEBEN. ERST DAS EINGREIFEN VON HERRN RECHTSANWALT BOSSI AUS MÜNCHEN FÜHRTE MIT VIEL VERSPÄTUNG DAZU, DASS DIESE UNTERSUCHUNG IM GERICHTSMEDIZINISCHEN INSTITUT DER UNI MÜNCHEN VON DEN PROFESSOREN SANDER UND ELIG DURCHGEFÜHRT WURDE. IN IHREM GUTACHTEN SCHLOSSEN SIE ALLE NUR MÖGLICHEN TODESURSACHEN AUS, ABER SIE VERMIEDEN ES, VON DER VERABREICHTEN SPRITZE ZU SPRECHEN.

WARUM?

WENN MAN DEN BEIPACKZETTEL DIESES MEDIKAMENTS LIEST (WORAUF NIEMAND ZURÜCKKAM, WARUM?), SO ERFÄHRT MAN FOLGENDES: ES SOLLTE NUR BEI ANÄMIEN (INFEKT- UND TUMORANÄMIEN) ANGEWENDET WERDEN, ABER MEINE TOCHTER WAR BEI BESTER GESUNDHEIT. ES HANDELT SICH UM EIN GEFÄHRLICHES MEDIKAMENT, DENN ES KANN BLUTDRUCKABFALL UND SOGAR KOLLAPS HERVORRUFEN! ES SOLLTE NUR NACH EINGEHENDER BLUTUNTERSUCHUNG VERABREICHT WERDEN, WAS ABER NICHT GETAN WORDEN WAR. WENN MAN SORGFÄLTIG DIE MEDIZINISCHEN BERICHTE DURCHLIEST, FINDET MAN DIE BEWEISE (DIE NIEMAND FINDEN WOLLTE, WARUM?) DAFÜR, DASS KALINKA UNMITTELBAR NACH DER SPRITZE GESTORBEN IST, UND NICHT, WIE DR. ERDING FÄLSCHLICHERWEISE GLAUBEN LASSEN WILL, ERST AM SAMSTAGMORGEN. DER TOD IST HERVORGERUFEN WORDEN DURCH EINEN HERZ-KREISLAUF-SCHOCK NACH DER INJEKTION, DIE NACH DEM ABENDESSEN ODER WENIGE STUNDEN DANACH VERABREICHT WORDEN WAR. KALINKA HAT DANN DIE NAHRUNG ERBROCHEN UND IST DARAN ERSTICKT! MAN FAND UNVERDAUTE NAHRUNGSRESTE IN IHREN LUNGENBLÄSCHEN.

TROTZ DER ZAHLREICHEN ANOMALIEN UND ERHEBLICHEN WIDERSPRÜCHE IN DEN AUSSAGEN DES HERRN DR. ERDING HAT DER ZUSTÄNDIGE

STAATSANWALT IN KEMPTEN DAS VERFAHREN EINGESTELLT. WARUM? WEITERHIN, TROTZ MEHRMALIGER ANSPIELUNGEN IN DEN MEDIZINISCHEN BERICHTEN HAT MAN NIE EIN SEXUELLES MOTIV IN ERWÄGUNG GEZOGEN. WARUM?

ICH TRETE HIERMIT VOR DIE ÖFFENTLICHKEIT MIT DER BITTE, DASS NUN ENDLICH RECHT GESPROCHEN WIRD, DENN ICH BIN MIT MEINER GEDULD AM ENDE. DIE GENAUE TODESURSACHE MUSS ENDLICH IN DER ÖFFENTLICHKEIT VERKÜNDET UND DER VERANTWORTLICHE MÖRDER MEINER TOCHTER RECHTMÄSSIG VERURTEILT WERDEN!

A. Bamberg, Rue del Eglise 19, Toulouse (France).

28. KAPITEL

Oktober 1985, zwei Wochen später in Lindau.

Bamberg war wieder im gleichen Hotel eingecheckt wie bei seinem letzten Besuch. Im Hotel Bayerischer Hof. Der Hoteldirektor kannte ihn noch vom letzten Besuch und war auch über den „Fall Kalinka" unterrichtet. Andre Bamberg war diesmal mit seinem eigenen Auto, einem 525er BMW angereist, dadurch war er flexibler und ungebundener. Als er am Donnerstagabend ankam, aß er noch etwas und legte sich um einundzwanzig Uhr dreißig ins Bett. Wie immer hatte er ein Portraitfoto von seiner geliebten Tochter bei sich. Als er im Bett lag, starrte er minutenlang das Bild seiner Tochter an, legte es dann auf seine Brust und flüsterte: „Mein lieber Engel, wieder bin ich in der Stadt, wo du zu Tode kamst. Dein Mörder springt immer noch frei herum. Leider hab ich es noch nicht geschafft, dass dein Stiefvater verurteilt wird. Aber der Tag wird kommen, meine geliebte Tochter. Ich werde ihn zur Strecke bringen, das verspreche ich dir!"

Der Himmel war wolkenverhangen und es regnete leicht, als er am nächsten Morgen um halb acht aufstand. Er sah aus dem Fenster und sah nur zwei Leute, die am Hafen mit ihren Hunden spazierten. Er duschte, zog sich eine Jeans, Pullover und eine Lederjacke an, und ging zum Frühstück. Außer ihm saßen im Frühstückssaal nur noch sieben Leute in dem 150-Betten-Hotel. Er holte sich eine Tageszeitung und blätterte sie beim Frühstück aufmerksam durch. Ein großer Bericht über den neuen Generalsekretär der UdSSR, Michail Gorbatschow, und einen rothaarigen, jungen Mann namens Boris Becker, der vor wenigen Wochen das Wimbledon-Tennisturnier gewonnen hatte, war der Zeitung die größten Reportagen wert. Als ob es nichts Wichtigeres zu berichten gäbe. Eine halbe Stunde später holte er sich an der Rezeption einen Regenschirm und lief die Altstadt entlang. Aufgrund seines letzten Aufenthaltes kannte er sich noch recht gut aus, und er hatte keine Probleme, den Kopierladen wieder zu finden.

„Guten Morgen, ich hätte gern tausend Stück von diesem Schreiben", sagte er dem erstaunten Verkäufer.

„Gleich oder holen Sie's später ab?"

„Hundert gleich und den Rest in drei Stunden. Geht das?"

„Kein Problem, warten Sie zehn Minuten und dann nehmen Sie den ersten Teil mit."

Er wartete und kam auf die Idee, einige Kopien auf DIN-A3 zu machen. Die konnte er ja eigentlich an stark frequentierten Plätzen aufhängen, damit es auch jeder sah. Dann verließ er den Laden und verstaute das Papier in einer Plastiktüte. Dann lief er die Fußgängerzone durch und blieb vor dem Neptunbrunnen stehen, einem markanten Wahrzeichen, kurz vor dem Kirchplatz. Es war jetzt mittags und es war Zeit für einen kleinen Snack. Er ging in eine Bäckerei mit Stehcafé und fragte die Verkäuferin: „Darf ich bei Ihnen an den Tischen dieses Schreiben hierlassen?"

Die pummelige, kleine Verkäuferin sah überrascht seinen

Zettel an und meinte: „Sicher, das ist ja grauenvoll mit Ihrer Tochter. Ich wünsche Ihnen von ganzem Herzen, dass der Mann verurteilt wird, falls er Schuld hat."

„Er hat Schuld, mein Fräulein."

„Ich glaube es auch, hoffe aber, dass Sie keine Schwierigkeiten bekommen, wenn Sie diese Schreiben überall verteilen."

„Warum sollte ich?"

„Na ja, auch wenn der Arzt Schuld hat, könnte es trotzdem Probleme geben, wenn er davon erfährt. Er könnte Sie anzeigen."

„Ach, das riskier ich gern."

Dann ertönten die Kirchenglocken.

„Warum schlagen jetzt um ein Uhr mittags die Glocken?"

„Es ist ein Beerdigungs-Gottesdienst."

„Gut. Den Leuten werde ich, wenn der Gottesdienst zu Ende ist, auch einen Zettel in die Hand drücken."

„Na, wenn Sie meinen. Wenn die Kirche voll ist, sind das bestimmt zwischen zwei- und dreihundert Personen."

Er trank noch einen Kaffee und las eine Zeitung. Dann gegen halb zwei Dauer-Gongschlag, der Gottesdienst war zu Ende. Als er ins Freie trat, waren zwei Jungen mit höchstens zehn Jahren am Brunnen.

„Kinder, kommt mal. Wollt ihr euch jeder in ein paar Minuten einen ‚Fünfer' verdienen?"

„Klar, was sollen wir tun?", fragte der Kleinere mit Sommersprossen im Gesicht.

„Hier", er drückte jedem einen kleinen Stoß Papier in die Hand. „Verteilt das an die Leute, die gleich aus der Kirche strömen. Danach kriegt ihr das Geld. Falls jemand fragt, sagt, es geht um den ‚Fall Kalinka'."

„Jawohl Chef", sagten beide gleichzeitig und rannten auf die Treppe des Eingangs zu, als die ersten Trauergäste aus der Kirche kamen. Einer der Jungen machte sich noch einen Extra-Spaß und rief wie ein Zeitungsausträger:

„Extrablatt! Extrablatt! Neues zum ‚Fall Kalinka'. Extrablatt!"

Beide drückten fast zwanghaft den erstaunten Besuchern das Blatt Papier in die Hände. Die sie übersahen, lief Bamberg im Hintergrund an. Fast siebzig Prozent der Leute hatten hinterher ein Papier in der Hand, sodass es fast alle lesen würden, sofern sie es nicht wegwarfen. Bamberg war zufrieden. Er drückte den Buben hinterher je ein Fünfmark-Stück in die Hand und verteilte alleine weiter in der Fußgängerzone und den Gasthäusern und Cafés.

Als es halb fünf war, spazierte er gemütlich Richtung „Alte Post", einem traditionsreichen Lokal in der City. Dort nahm er einen Platz am Fenster, bestellte eine Gulaschsuppe und beobachtete das Treiben in der Fußgängerzone.

„Hallo mein Herr", sagte auf einmal eine Frau hinter ihm und klopfte ihm auf die Schulter.

Er drehte sich um und sah in das Gesicht einer Frau um die siebzig, die hinter ihm Platz genommen hatte.

„Hallo die Dame. Kennen wir uns?"

„Noch nicht, aber jetzt."

„Das stimmt. Sind Sie hier Stammkundin?"

„Ja, und auch ein anderer, der hier häufig isst."

„So? Wer denn?"

„Ihr Intim-Feind!"

„Dr. Erding ist hier häufiger?"

„So zwei- bis dreimal in der Woche. Ich bin fast jeden Tag hier und kenne ihn auch."

„Auch als Arzt?"

„Ja, auch als Arzt, und ich finde ihn sehr gut!"

„So? Was ist denn an ihm so gut?"

„Er kümmert sich sehr rührend um seine Patienten. Meine Herzprobleme sind weg, und wenn ich ihn sehe, hat er auch immer ein nettes Wort für die Leute."

„Das freut mich ja für Sie. Aber vielleicht ist er ja nicht zu allen so?"

„Mag sein. Aber ich habe heute schon gesehen, wie eifrig Sie Ihre Zettel verteilen, und ich habe auch einen gelesen. Schrecklich!"

„Was ist schrecklich?"

„Wie Sie den armen Mann als Mörder bezichtigen. Das gehört sich nicht, das ist Rufmord." Die alte Dame redete sich fast in Rage.

„Wenn Sie das so sehen, Ihre Sache. Für mich ist er ein Blender und Scharlatan."

Er wollte ihr ungern ins Gesicht sagen, dass „ältere Ladys" nicht mehr die große Anziehungskraft auf den Herrn Doktor ausübten, zumindest was die Erotik betraf, verkniff es sich aber gerade noch rechtzeitig.

„Ich habe Dr. Erding über Ihre Vorgehensweise informiert, werter Herr. Schätze, Sie werden bei Ihrem Aufenthalt noch etwas Schwierigkeiten bekommen."

„Hat er das angekündigt?"

„Ja, dann werden Ihnen Ihre Späße schon noch vergehen."

„Ehrlich gesagt ist es mir scheißegal, was er macht, Madam. Je mehr Aufsehen erregt wird, umso besser. Und jetzt lassen Sie mich bitte ungestört meine Suppe weiteressen, bei Ihrem dummen Gerede vergeht mir sonst noch der Appetit. Und den lass ich mir ungern verderben."

Sie drehte sich um und erwiderte nichts darauf. Dann nahm sie ihre Handtasche, ging zum Kellner des Lokals und bat um ein Telefonat.

Fünfundvierzig Minuten später zahlte Bamberg und lief bei leichtem Regen zurück ins Hotel. Kurz bevor er den Eingang des Bayerischen Hofs erreichte, hielt ein Streifenwagen neben ihm.

„Herr Andre Bamberg?"

„Ja, worum geht's?"

Einer der beiden Polizisten stieg aus und zeigte ihm seinen Dienstausweis.

„Steigen Sie ein."

„Warum?"

Einige Passanten wurden hellhörig, aufgrund des scharfen Tones des jungen Polizisten.

„Erklären wir Ihnen später."

Einige Hotelgäste sahen verwundert auf die Szenerie, ebenso wie die Taxifahrer gegenüber am Bahnhof. Es begann stärker zu regnen.

„Fahren Sie mich später wieder her?"

„Stellen Sie sich auf mindestens eine Nacht in unserer Arrestzelle ein. Sie sind vorläufig verhaftet wegen Volksverhetzung, Verleumdung und Beleidigung. Es liegen zwei Anzeigen gegen Sie vor. Kommen Sie freiwillig mit oder müssen wir Sie ins Auto zerren?"

„Nein, sparen Sie sich die Mühe. Ich habe gehört, in Deutschland sind die Gefängnisbetten sehr bequem."

29. Kapitel

Einen Tag später, Polizei Lindau. 8.00 Uhr vormittags.

Andre Bamberg erwachte in der Arrestzelle der Polizei in Lindau kurz vor acht Uhr und rieb sich die Augen. Er hatte schlecht geschlafen und war ohne weitere Begründungen noch am Abend gleich in die Zelle verfrachtet worden. Er bekam nur ein Nachthemd in die Hand gedrückt, das er aber dankend ablehnte, und in Unterhose und Hemd schlief. Er klopfte mit beiden Fäusten an die Zellentür und schrie nach einem Polizisten. Zwanzig Sekunden später kam ein silbergrauer korpulenter Beamter, Ende vierzig, an die Tür. Er öffnete ein vergittertes Glasfenster auf Kopfhöhe an der Stahltür.

„Was machen Sie denn hier für einen Radau?"

„Was heißt hier Radau? Ich will unverzüglich mit einem Vorgesetzten von Ihnen sprechen."

„Sonst noch Wünsche?"

„Nein, wann kommt endlich jemand?"

„In einer halben Stunde trifft Kommissar Geboth ein, dann können Sie ausgiebig mit ihm plaudern."

„Wird aber auch Zeit. Frechheit, mich hier eine ganze Nacht einzusperren, dafür gibt's keinen Grund."

„Ach, was schätzen Sie, aus welchen Gründen wir hier schon andere einsperrten? Die konnten das alle auch nicht verstehen. Wahrscheinlich verstehen die meisten nicht, warum ihnen das widerfährt."

„Ich bin nicht einer eurer Randalierer und Säufer, die andere belästigen. Ich ‚rüttle' nur die Bevölkerung auf."

„Ach, so nennt man das jetzt. Sie kommen hier aus Frankreich und glauben, Sie können hier machen, was Sie wollen, was? Aber so läuft das nicht, Monsieur."

„Wenn ihr nicht in der Lage seid, einen Verbrecher zu entlarven, mach ich's eben."

„Ihnen wird gleich der Chef erzählen, was Sie noch machen und was nicht. Möchten Sie Kaffee?"

„Gerne, und wenn's geht, einen kleinen Happen. Ich hatte seit meiner Gulaschsuppe gestern Nachmittag nichts mehr zum Essen."

„Wenn Sie keinen Blödsinn machen, lass ich Sie jetzt raus, und Sie können mit mir ins Verhörzimmer. Dann bring ich Ihnen Kaffee und Brötchen."

„Wäre sehr nett, ich bleib auch ganz artig. Versprochen."

Dann machte ihm der Polizist auf und sie gingen in den zehn Quadratmeter großen Verhörraum. Dort war nichts außer einem großen Tisch, zwei Stühlen und einer Yucca-Palme.

„Setzen Sie sich. Geboth wird gleich kommen, und natürlich auch das Frühstück."

Keine fünf Minuten später stand das Tablett mit einer Kanne Kaffee, drei Brötchen sowie Marmelade, Butter und Käse vor ihm.

„Danke", sagte Bamberg und griff hastig danach. Mittlerweile hatte er einen regelrechten Heißhunger. Keine drei Minuten später war über die Hälfte bereits in seinem Magen, als Kommissar Geboth den Raum betrat.

„Guten Morgen. Schmeckt's?"

„Sieht man das nicht? Wenigstens sind die Brötchen noch frisch."

„Tja, bei uns gibt's nichts Altes zum Frühstück."

„Dafür stecken Sie unbescholtene Bürger gleich in die Zelle."

„Wenn zwei Personen sich von Ihnen belästigt und bedroht fühlen, müssen wir handeln."

„Und wenn ein junges Mädchen durch die Hand eines zwielichtigen Arztes stirbt, dann etwa nicht?"

„Hören Sie, Herr Bamberg. Wenn die Staatsanwaltschaft den Fall zu den Akten legt, müssen wir es auch. Obwohl mir nicht ganz wohl dabei war. Ich hätte gern weiter ermittelt. Ich glaube auch, dass es da nicht mit rechten Dingen zuging."

„In Frankreich wird dem Mann der Prozess gemacht, Sie werden es noch erleben."

„Ihre Bemühungen, beziehungsweise die der Justiz Ihres Landes, sind umsonst. Wissen Sie, warum?"

„Nein, erklären Sie es mir."

„Weil niemand für die gleiche Tat zweimal verurteilt werden kann, das sollten Ihr Anwalt und auch der

Justizminister eigentlich wissen."

„Nur dann, wenn der Fall auch richtig be- und verhandelt wurde, was bei Erding nicht der Fall war. Hier wurde gemauschelt, belogen, betrogen, verschleiert und vertuscht. Sie wissen genauso gut wie ich, Herr Kommissar, dass Erding sowohl den Notarzt wie auch einen der Gerichtsmediziner kennt. Haben Sie jemals den Obduktionsbericht gelesen?"

„Ja, und wie ich bereits sagte, der Fall ist abgeschlossen. Und Sie bekommen bald Einreiseverbot, wenn Sie nochmal so eine Flugblattaktion machen."

„Ich werde das weiterverfolgen, ob es Ihnen passt oder nicht, Herr Geboth. Aber eine kleine Beruhigung für Sie: Das nächste Mal, wenn ich komme, ‚stationiere' ich mich nicht mehr in Lindau, sondern drei Kilometer weiter auf österreichischem Boden.

30. Kapitel

Toulouse (Frankreich), Sommer 1992.

Zehn Jahre waren seit dem Tod von Kalinka vergangen, sie wäre jetzt im August fünfundzwanzig Jahre alt geworden. Wie wäre es gewesen, wenn sie noch da wäre?, dachte sich Bamberg, als er in dem Garten seines Hauses saß und in den blauen Himmel sah. Hätte sie jetzt vielleicht geheiratet, Kinder bekommen? Wäre er jetzt mit Mitte fünfzig vielleicht das erste Mal Großvater geworden? Trotz eindeutiger Beweislage hatte auch die Staatsanwaltschaft in Frankreich immer noch keine Anklage erhoben. Bamberg erinnerte sich an seinen letzten Aufenthalt am Bodensee, als er sich 1991 diesmal in Bregenz niederließ. Die Polizei in Österreich ließ ihn gewähren, wie er wollte. Auch hier hatte er Flugzettel verteilt, aber nicht in der Fußgängerzone, sondern am Rad- und Wanderweg, wo er fast täglich spazierte während seines sechstägigen Aufenthaltes. Obwohl Bregenz nur wenige Autominuten von Lindau entfernt lag, war der Bevölkerung weitestgehend bekannt, was damals geschah. Nachdem ihm die Lindauer Polizei den Rat gegeben hatte, nicht mehr in der Stadt für Aufsehen zu sorgen, war er doch ständig bei seinen kurzen Stationen hier, und fuhr mit dem Rad ständig zwischen Bregenz und Lindau hin und her. Er war nun zwar kein Hotelgast mehr im Bayerischen Hof, aber häufiger Gast der guten Gastronomie des öffentlichen Hotel-Restaurants. Die Mitarbeiter, die länger als zwei Jahre hier waren, kannten ihn mittlerweile fast alle, zumal er auch sehr großzügig mit Trinkgeldern umging. Auch mit der ehemaligen Arzthelferin aus Lindau stand er häufig in Kontakt, es hatte sich eine dauerhafte Freundschaft entwickelt. Sie war mittlerweile verheiratet und hatte einen vierjährigen Sohn. Wenn er in Bregenz war, traf er sich immer mit ihr zum Essen und Spazieren, sofern es ihre Zeit zuließ. Durch seine regelmäßige Präsenz am Bodensee kannten ihn auch schon viele aus der Bevölkerung, zumindest vom Sehen. Als er an diesem Morgen, dem 31. August, wieder gegen zehn Uhr das Hotel Richtung Uferweg verließ, trat eine junge attraktive Frau auf ihn zu.

„Herr Bamberg aus Toulouse?", fragte sie fast schüchtern.

„Ja. Guten Morgen, mit wem hab ich das Vergnügen?"

„Mein Name ist Alexandra Bader. Kann ich Sie kurz sprechen?"

„Natürlich. Während meiner Aufenthalte am Bodensee hab ich immer viel Zeit."

„Laufen wir etwas am Uferweg entlang?"

„Gerne."

Alexandra trug einen kurzen blauen Jeans-Minirock und ein rotes knappes Top sowie braune Sandaletten. Ihr dunkles langes Haar hatte sie zu einem Zopf gebunden. Ihr hübsches Gesicht zierte eine dunkelbraune Sonnenbrille mit großem klobigem Gestell.

„Herr Bamberg", begann sie zögerlich, „Sie sind ja

mittlerweile, obwohl Sie nur einmal im Jahr an den Bodensee kommen, relativ bekannt. Ich kenne auch die Geschichte mit Ihrer Tochter."

„Und glauben Sie auch an ein Verbrechen?"

„Ja, ich bin auch auf Ihrer Seite. Dieses verdammte Schwein gehört hinter Schloss und Riegel."

Er sah sie überrascht an. „Sind Sie auch betroffen?"

„Ja, ich bin vor lauter Blödheit mit einer Freundin vor sieben Jahren mit ihm nach Südfrankreich gefahren. Er hat uns am letzten Abend ‚K.o.-Tropfen' verpasst, uns danach eine Spritze verabreicht und uns dann vergewaltigt!"

„Warum sind Sie nicht zur Polizei?"

„Wir haben uns geschämt. Außerdem hat uns Nadines Mutter davon abgehalten. Sie war in den Arzt vernarrt."

„Vor einem Gericht, falls es einen Prozess gäbe, würdet ihr euch aber offenbaren?"

„Ich mit Sicherheit. Was Nadine machen würde, kann ich nicht sagen. Wir sind nicht mehr befreundet und sehen uns nur noch gelegentlich abends in der Disco. Und Nadines Mutter konsultiert weiter Dr. Erding. Ich geh mal davon aus. In ihrer Naivität glaubt sie wahrscheinlich bis zur ihrer Rente, dass er sich mit ihr einlässt."

„Alexandra, das Problem ist, dass sich zu wenige trauen diesen Arzt anzuzeigen und bloßzustellen. Ich glaube, die Dunkelziffer liegt im zweistelligen Bereich. Mitte der Achtziger hatte er auch zweimal ein Verhältnis mit Minderjährigen, da hätte man ihn auch drankriegen können. Aber ich hoffe, dass sich endlich eine traut, wenn er es wieder macht. Dann ist er fällig, auch bei der laschen deutschen Justiz. Auch eine ehemalige Arzthelferin aus Friedrichshafen, die bei ihm arbeitete, hat er sexuell genötigt. Ich gebe Ihnen, wenn wir uns später trennen, ihre Nummer. Vielleicht könnt ihr euch ja mal verabreden? Je mehr zu gegebener Zeit über ihn aussagen, umso besser."

„Gerne, wir müssen uns zusammenschließen."

Ihr Blick ging über den glitzernden Bodensee, und sie sahen die vielen Schiffe, die ständig über den See fuhren. An einem Café verweilten sie, und er lud sie auf ein Eis ein.

„Haben Sie eine E-Mail-Adresse, Alexandra?"

„Nein, noch nicht. Ist das vorteilhaft?"

„Ja, das kommt jetzt immer mehr. Briefe und Telefonate sind relativ teuer. Eine Minute nach Frankreich telefonieren kostet 1,90 Deutsche Mark, eine Mail nichts."

„Dann muss ich mir das schnellstmöglich einrichten."

„Wär schön. Ich möchte mich mit einigen Personen die nächsten Monate, vielleicht Jahre, weiter regelmäßig in Verbindung setzen. Sie gehören natürlich auch dazu. Sie sind im ‚Fall Kalinka' irgendwann von größter Bedeutung."

Dann bummelten sie noch am Hafen und trennten sich, bis sie sich in drei Jahren wiedersehen sollten.

31. Kapitel

Mai 1993, Toulouse (Frankreich).

Die neunziger Jahre waren das Zeitalter von Internet, Computern und vor allem „Handys". Das ehemalige monopolistische C-Netz wurde sukzessive auf das digitale GSM-Netz in ganz Europa ausgebaut. Auch Andre Bamberg verwehrte sich dem nicht und besaß seit einigen Monaten ein klappbares Motorola-Handy. Anfänglich waren diese praktischen mobilen Telefone noch groß und wuchtig, aber alle paar Monate kam ein kleineres, leichteres von einem der vielen Hersteller auf den Markt. Auch Bambergs Bekannte in Deutschland hatten sich zögerlich dazu entschlossen, sich so ein Telefon zuzulegen. Aber nach kurzer Zeit besaß fast jeder zweite Deutsche zwischen zwanzig und fünfzig Jahren solch ein „Spielzeug" und sie verwehrten sich dem Trend nicht. In Frankreich war die Verbreitung nicht ganz so schnell wie in Deutschland, aber vor allem Geschäftsleute kauften sich die praktischen Teile, um permanent erreichbar zu sein. Mit seinen Bekannten aus Deutschland hatte Bamberg regelmäßig Kontakt, den er natürlich aus eigenem Interesse sehr gut pflegte. Schließlich wusste er, dass der „Tag X" irgendwann kommen würde, ja musste.

An diesem regnerischen Samstag saß er vor dem Fernseher und studierte seine E-Mails nebenbei, als der Signalton seines Motorola ihn auf eine SMS hinwies. Es war

Alexandra, die ihn mit einer Neuigkeit informierte. Er wusste durch seine auf mittlerweile fünf Personen angewachsene „Bekanntengruppe" aus Deutschland ständig, was in Lindau und Umgebung passierte. Bekannte waren immer besser als Quelle als Internet und Tageszeitung.

„Lieber Andre, hoffe, dir geht's gut. Ich habe wieder eine Neuigkeit für dich, die dich vielleicht interessiert. Dein ‚Erzfeind' Dr. Erding hat wieder zugeschlagen. Aber nicht im kriminalistischen Sinne, sondern privat!"

Aufgrund des langen Kontaktes mit seinen deutschen Freunden, war er mittlerweile mit allen per Du.

„In der Tageszeitung war eine Vermählungsanzeige, die mir sofort aufgefallen ist. Dr. Dieter Erding geht den Bund der Ehe wieder ein. Die Hochzeit war gestern in Scheidegg!"

Bamberg lächelte. Wieder eine „Dumme", die sich von ihm einlullen ließ. Die vierte Ehefrau, die sich der Dummheit hingab. Bamberg schloss mit seinen Freunden daraufhin Wetten ab, wie lange denn diese Ehe wohl gehen würde.

32. Kapitel

Frühjahr 1995, Toulouse (Frankreich).

In diesem Jahr kam es endlich zu dem langersehnten Prozess, auf den Andre Bamberg dreizehn Jahre lang warten musste. In Deutschland geriet der Fall (außerhalb von Lindau) nahezu in Vergessenheit, aber in Frankreich war die Sache anders. Dort gab Bamberg mehreren Rundfunkstationen und auch einer TV-Anstalt immer wieder Interviews und sorgte dafür, dass der Fall im Blickpunkt der Öffentlichkeit blieb. Anfang 1995 war für den Staatsanwalt die Beweislage eindeutig, und auf ständiges Drängen von Bambergs Anwalt Lefort wurde nun endlich ein Gerichtstermin festgelegt. Für Lefort war es von Anfang an klar, dass durch die zahlreichen Beweise und Zeugen nur ein Urteil möglich war. Als Zeugen aus Deutschland wurden Alexandra Bader sowie Corinna, Kalinkas ehemalige Freundin, mit ihrer Mutter eingeladen. Kommissar Geboth kam als ermittelnder Beamter in Lindau, freiwillig! Durch weitere Gespräche und Ungereimtheiten gestand auch er (Jahre später), dass an Bambergs Beschuldigungen durchaus was „Wahres" dran sein könnte. Die deutsche Justiz interessierte sich nur noch am Rande für den Ausgang des Verfahrens und schenkte dem Prozess keine allzu große Aufmerksamkeit. Total anders sah es jedoch die deutsche Medienlandschaft, die den Fall durchaus interessant fand und ihm große Beachtung schenkte. Deshalb waren Journalisten aller großen Magazine beim öffentlichen Verfahren anwesend, u.a. der Spiegel, Focus, Stern, und Deutschlands große Tageszeitungen, wie die Süddeutsche, Frankfurter Allgemeine, Bild, sowie diverse kleinere Blätter. Das einzige Problem, wenn man überhaupt von einem sprechen konnte, war, der Beschuldigte war nicht anwesend!

Zwar wurde er vorgeladen, lehnte aber „dankend" ab, mit Hinweis seines Anwalts, dass das Ganze eine „Farce" sei, total unbegründet und absurd. Außerdem bestünden an der Unschuld des vermeintlichen Angeklagten keinerlei Zweifel, schließlich sei er ja von der deutschen Justiz freigesprochen worden. Deshalb begründete es Dr. Erdings Anwalt als „Showveranstaltung ohne Nutzen". Die französische Justiz wusste, dass sie Erding nicht zwingen konnte zu kommen, was wiederum zur Folge hatte, dass es auch als „nicht notwendig erachtet" wurde, einen Verteidiger von Erding einzuladen, geschweige denn anzuhören. Nach zwei angesetzten Verhandlungstagen erging nach Anhörung aller Sachverständiger und Zeugen folgendes Urteil:

Am 13. März 1995 wurde Dr. Dieter Erding vom Pariser Schwurgericht „Cour D' Appel de Paris Quatrieme Chambre D'Accusation" in Abwesenheit zu 15 Jahren Haft verurteilt. Der bisher noch nicht vollstreckte europäische Haftbefehl lautete auf: Körperverletzung mit Todesfolge. Da der Verurteilte und sein Anwalt bei Verkündung nicht anwesend waren, wurde der Haftbefehl nach Deutschland geschickt.

Andre Bamberg saß in dem Gerichtssaal und sah fragend

seinen Anwalt an. „Und wer vollstreckt jetzt das Urteil?"

„Keine Ahnung, wir können keine Delegation zum Bundeskanzleramt abstellen. Wir müssen hoffen, dass der deutsche Justizminister einer Auslieferung von Dr. Erding nachkommt."

„Und falls nicht?"

„Müssen wir uns an den Europäischen Gerichtshof wenden, dass die auf Deutschland Druck ausüben."

„Was passiert, wenn Erding auf ausländischem Territorium ist, zum Beispiel in Österreich?"

„Dann müssen wir hoffen, dass die hoffentlich den Haftbefehl akzeptieren und ihn uns ausliefern."

Allerdings lag Bambergs Anwalt mit seiner Vermutung daneben. Der Europäische Gerichtshof in Straßburg gab Deutschland recht und akzeptierte das Urteil genauso wenig. Es legte sogar gegen Frankreich eine Strafe fest mit der Begründung: Der Angeklagte war nicht zugegen und sein Anwalt wurde ebenfalls beim Prozess nicht angehört. Demzufolge konnte auch keine Berufung gegen das Urteil eingelegt werden. Frankreich wurde deshalb, sofort und unverzüglich, zu einer Entschädigungszahlung von 100.000 Franc an Dr. Dieter Erding verurteilt.

33. Kapitel

Februar 1997. Lindau (Deutschland), Praxis Dr. Erding.

Auch im relativ milden Lindau war es am 11. Februar eisig kalt. Die Temperaturen lagen kurz vor siebzehn Uhr bei fünf Grad minus. Ein kräftiger Wind pfiff über den Hafen, und an der Promenade lagen knapp zehn Zentimeter Schnee, was nur alle paar Jahre vorkam. Es war kurz vor siebzehn Uhr, als Dr. Dieter Erding zu seiner Sprechstundenhilfe trat. „Monika, Sie können dann gehen. Ich nehme der Patientin noch etwas Blut ab und mach eventuell ein EKG, dazu brauch ich Sie jetzt nicht mehr."

„Aber Herr Doktor, Sie wissen ja, dass es mir nichts ausmacht, ein paar Minuten länger zu bleiben."

„Ich weiß, Sie sind eine sehr gewissenhafte Hilfe, Monika, aber machen Sie ruhig Feierabend. Es soll ja dann noch etwas Schneefall geben, und die kurvige Straße nach Lindenberg ist häufig glatt."

„Wie Sie meinen, Doktor. Dann räume ich nur noch ein paar Patientenakten auf und gehe."

„Okay, dann eine gute Heimfahrt."

„Danke, Doktor, schönen Abend noch."

„Danke, den hab ich bestimmt."

Dann ging er ins Behandlungszimmer zwei zu seiner letzten Patientin Tatjana Graf. Seine Arzthelferin zog ihren Mantel an und lief zu ihrem VW Golf.

Zwei Stunden später, gegen neunzehn Uhr.

Wie aus der Trance erwachte Tatjana und blinzelte zur Zimmerdecke. Was die letzten Minuten geschehen war, war ihr nicht mehr bewusst. Nur, dass ihr der „Mann in Weiß" noch etwas Blut abnahm und sie dann auf einen Ergometer setzte. Sie sah an sich herab und realisierte, dass sie auf der Patienten- und Behandlungsliege lag. Nur mit einem Slip und Unterhemd bekleidet. Ihr wurde schwindlig, als sie sich aufrichtete.

„Herr Dr. Erding, wo sind Sie?", rief sie und hielt sich ihren hämmernden Kopf.

Tatjana war sechzehn, eins siebzig groß und trug gelocktes rotbraunes Haar. Mit dem Bus wollte sie eigentlich um achtzehn Uhr nach Kressbronn heimfahren.

Dann betrat er den Raum. „Wie geht's dir, Tatjana?"

„Mir geht's schlecht. Was ist mit mir geschehen? Ich fühle mich wie nach dem Kettenkarussell."

„Du hattest während des Ergometer-Testes einen Schwächeanfall. Ich hab dich auf die Liege gelegt und dir eine Spritze gegeben zur Konsolidierung. Jetzt hast du etwas geschlafen, das sind die Nachwirkungen der Spritze. In ein paar Minuten bist du wieder fit."

„Seltsam, dass ich als letzte Patientin einen Kreislauf-Zusammenbruch kriege. Wo ist Ihre Arzthelferin?"

„Sie ist gegangen, es gab nichts mehr zu tun. Außerdem

schneit's leicht, und sie hat noch eine weite Strecke vor sich."

„Wo sind meine Klamotten? Ich muss gehen, meine Eltern machen sich bestimmt schon Sorgen."

„Einen Moment, ich hol sie dir."

Eine halbe Minute später gab er Tatjana die Bekleidung. Er hatte sich seinen weißen Arztkittel ausgezogen und stand mit Jeans und blauer Daunenjacke vor ihr.

„Wenn du willst, fahr ich dich heim, Tatjana."

„Nein danke. Ich muss noch auf die Toilette und geh zur Bushaltestelle. Der letzte Bus nach Kressbronn fährt in zwanzig Minuten, das schaff ich leicht."

Als sie aufstand, merkte sie ihre zitternden Knie. Er ging auf sie zu und reichte ihr ein Glas Wasser. „Trink, das ist gut für deinen Kreislauf."

Sie trank hastig, zog sich an und ging zur Toilette. Ihre Beine zitterten, aber der Schwindel ließ nach. Beim Gehen spürte sie Schmerzen an ihrer Vagina. Auf der Toilette zog sie Hose und Slip runter und tastete ihren geröteten Scheideneingang ab. Dann spürte sie im Innern eine Flüssigkeit, die sie bei ihrem ersten Freund vor fünfzehn Monaten zum ersten Mal im Leben sah.

Da kam ihr die schreckliche Erkenntnis, und sie wusste, was geschehen war!

34. Kapitel

17. März 1997, 10.00 Uhr, Landgericht Kempten (Allgäu).

„Herr Dr. Erding, was sagen Sie zu den Vorwürfen von Tatjana Graf?", fragte ihn Richter Peter Hold.

„Es geschah im gegenseitigen Einvernehmen."

„Lüge! Er ist ein verdammter Lügner!", schrie Tatjana.

„Ruhe bitte während der Verhandlung", mahnte Hold.

„Sie behaupten also allen Ernstes, die junge Dame hat das freiwillig mit Ihnen gemacht?", fragte Anwalt Hartmann, der die Familie Graf vertrat.

„Na, sie hatte zumindest nichts dagegen."

„Ach, und wenn sie so schön freiwillig mit Ihnen angeblich Sex macht, da verpassen sie ihr zusätzlich noch eine Betäubung, was?"

„Sie hatte Kreislaufprobleme nach dem EKG-Test, da hab ich ihr was gegeben."

Richter Peter Hold schaltete sich wieder ein. „Angeklagter, Sie sollten sich schon schämen, in Ihrem Berufsstand als Arzt solche Missbräuche zu machen. Haben Sie denn gar keine Skrupel?"

„Doch, aber Tatjana mochte mich. Sie war ja nicht zum ersten Mal bei mir. Man spürt so etwas. Sie trug ja auch nie einen BH. Sie hatte nichts gegen eine Annäherung. Und wer schweigt, stimmt zu, sagte man schon im alten Rom."

„Tatjana, ist da ein wahres Wort dran?"

Das Mädchen schluckte erst und antwortete mit stockender Stimme: „Ich trug deshalb noch nie einen BH, weil ich nur eine kleine knabenhafte Brust habe. So, jetzt wissen Sie es exakt. Und den Kerl mochte ich natürlich nicht. Ich lass mich doch nicht mit sechzehn mit einem Kerl über sechzig ein! Das könnte ja mein Großvater sein! Da ist ja mein Vater noch deutlich jünger. Und ich war nur einmal in seiner Praxis bisher, aber nicht als Patientin, sondern weil ich vor zwei Jahren meinen Vater aufsuchte. Er hatte einen Arzttermin, und ich konnte danach mit ihm nach Kressbronn heimfahren. Deshalb bin ich nach der Schule in die Praxis und hab im Wartezimmer auf ihn gewartet, dass wir miteinander heimfahren konnten. Aber da hatte ich mit diesem Doktor nichts Persönliches zu tun."

„Angeklagter. Bekennen Sie sich selbst für schuldig?"

„Ja, Herr Richter."

„Haben Sie eine Erklärung, warum Sie sowas Abscheuliches gemacht haben?"

„Das werden Sie jetzt nicht verstehen, Herr Richter, aber ich habe seit einigen Jahren Erektionsstörungen. Nur bei sehr jungen Mädchen regt sich bei mir was. Das klingt für Sie und die anderen hier im Saal vielleicht gestört, aber es ist die Wahrheit."

Hold sah ihn überrascht an, so eine Antwort hätte er nie erwartet. „Okay, gut. Mag sein. Sie erkennen jetzt wenigstens endlich die Schuld bei sich. Sie kommen vielleicht mit einem ‚blauen Auge' davon, aber nur wenn Sie mir Folgendes versprechen …"

„Was denn, Herr Richter?"

„Na, was wohl? Sowas nie wieder zu tun! Außerdem begeben Sie sich in Behandlung eines Psychotherapeuten, so schnell wie möglich."

„Versprochen, Herr Richter. Ehrenwort."

Richter Peter Hold besprach sich mit dem Staatsanwalt und den Schöffen und verkündete wenige Minuten später das Urteil.

„Im Namen des Volkes ergeht folgendes Urteil: Der Angeklagte Dr. Dieter Erding ist schuldig der Vergewaltigung an einem minderjährigen Mädchen. Ihm wird für die nächsten zwei Jahre die ärztliche Zulassung entzogen. Seine Praxis kann nicht weiterbetrieben werden, außer von einem anderen Arzt. Außerdem erhält er eine Freiheitsstrafe von zwei Jahren, die auf Bewährung ausgesetzt wird. Die Kosten des Verfahrens trägt der Angeklagte, die Verhandlung ist hiermit beendet."

35. Kapitel

Kempten (Allgäu), wenige Minuten nach dem Urteil.

Das Ehepaar Graf lief mit seiner weinenden Tochter Tatjana zu einem grünen VW Passat, den sie am Residenzplatz in Kempten geparkt hatten. Der Gerichtssaal war brechend voll, und einige Medienvertreter machten Film- und Fotoaufnahmen von den Protagonisten beim Verlassen des Saales. Rechtsanwalt Hartmann verabschiedete sich von allen dreien und teilte ihnen mit, dass er sich morgen melden würde, wenn sie eine Nacht darüber geschlafen hätten. Dann gab er ein kurzes Statement für zwei Journalisten des Südwestfunks und der ARD.

Ein weiterer Reporter folgte den Grafs zu ihrem Auto und fragte sie, als Werner Graf die Tür öffnete: „Obermeier, Bayerischer Rundfunk. Fräulein Graf, was sagen Sie zu dem verkündeten Urteil?" Ein schlanker Mann, Anfang dreißig, hob Tatjana sein Mikrofon vor den Mund.

Tatjanas Mutter Brigitte antwortete für ihre schluchzende Tochter und sprach ins Mikrofon: „Das Urteil ist ein Skandal! Wahrscheinlich war meine Tochter nicht die Einzige, die dieser Mistkerl in den letzten Jahre missbraucht hat."

„Werden Sie das Urteil anfechten und in Revision gehen?"

„Wir werden uns morgen mit unserem Anwalt besprechen, dann sehen wir weiter. Momentan haben wir dazu noch keinen Entschluss gefasst."

„Glauben Sie, dass der beschuldigte Arzt auch für den Tod von Kalinka im Jahr 1982 verantwortlich war?"

Werner Graf erwiderte: „Absolut sicher, da ist er ebenfalls schon ungeschoren davongekommen. Die Untersuchungen und die Straffreiheit für Erding waren damals schon skandalös. Ich hoffe, dass das gesprochene Urteil in Frankreich vollzogen wird. Aber so wie es ausschaut, weigert sich ja unsere Regierung, ihn auszuliefern, das ist ja der nächste Witz."

„Danke für das kurze Interview, und alles Gute für Sie, Familie Graf."

„Danke, auch den Bürgern, die uns Mut und Glück zugesprochen haben."

„Das war's aus Kempten von dem Prozess gegen Dr. Dieter Erding. Wir geben zurück ins Funkhaus nach München."

Wenige Minuten später befand sich die Familie schon außerhalb von Kempten auf der Heimfahrt nach Lindau.

„Was meinst du, Werner? Sollen wir in Revision gehen, wie der Reporter gefragt hat?", meinte seine Frau beim Blick auf Tatjana, die stumm aus dem Fenster sah.

„Nur wenn uns unser Anwalt sehr hohe Erfolgsaussichten einräumt. Sollte es abgelehnt werden, müssten wir nämlich die Kosten des Verfahrens selbst zahlen, das muss gut überlegt werden."

Auf der Fahrt nach Lindau hörten sie im Autoradio bereits

die ersten Berichte in den Nachrichten von dem Prozess, der mit Sicherheit die nächsten Tage Gesprächsthema Nummer eins in Lindau und Umgebung sein würde. Vorsorglich hatten sie Tatjana, die sich im letzten Schuljahr befand, für die nächsten Tage „beurlaubt".

Als sie gegen zwei Uhr in Lindau ankamen, war der Himmel wolkenverhangen, und auf den sechzig Kilometer Entfernung von Kempten hierher war die weiße Allgäuer Landschaft mittlerweile grün im milderen Lindau geworden. Bei der Fahrt zur Altstadt waren schemenhaft die Alpen hinter dem Bodensee erkennbar. Was ihre Aufmerksamkeit aber viel mehr erregte, war eine Gruppe von Leuten, die durch die Fußgängerzone marschierte. Sie trugen Schilder und Transparente, die sie hochhoben.

„Seht ihr, was auf den Schildern und Fahnen steht?", fragte Tatjana ganz aufgeregt.

„Kaum zu glauben", sagte ihre Mutter verblüfft. „Sie demonstrieren für uns, beziehungsweise gegen das Scheiß-Urteil vor zwei Stunden."

Wie ein Lauffeuer verbreitete sich die Nachricht in wenigen Stunden in der kleinen Stadt Lindau.

SKANDAL-URTEIL GEGEN DEN HORROR-ARZT!

WO BLEIBT DIE GERECHTIGKEIT?

RICHTER BETRUNKEN?

DR. ERDING GEHÖRT HINTER GITTER!

… sahen sie auf einigen Schildern und Tafeln.

„Also, ich bin 1957 in Lindau geboren und habe die letzten

vier Jahrzehnte nie eine Demonstration dieser Art in der Stadt erlebt und gesehen", sagte Graf fast gerührt.

„Erding wird verschwinden müssen, sonst könnte es sein, dass er mal beleidigt oder verprügelt wird, wenn ihn einige der Meute auf der Straße sehen", meinte seine Frau.

„Hoffentlich vermöbeln sie ihn mal", flüsterte Tatjana.

Der „Demonstrationszug", der mittlerweile auf über dreihundert Leute angewachsen war, hob nicht nur die Schilder in die Höhe, sondern brüllte immer wieder:

„WO BLEIBT DIE GERECHTIGKEIT?"

„GEHEN ÄRZTE STRAFFREI AUS?"

„DENKT AUCH AN KALINKA!"

Graf ließ den Passat neben der Post stehen, und sie sahen auch Reporter und Übertragungswagen von ARD, ZDF und einem französischen TV-Sender, die sich der Menge anschlossen. Verwundert sahen Touristen und Einheimische dem Pulk hinterher, die gar nicht wussten, um was es ging.

Auch ein unscheinbarer Franzose mit Lodenmantel und großem Hut befand sich unter der Menge:

Andre Bamberg.

36. Kapitel

Bregenz (Österreich), circa vier Stunden später.

Andre Bamberg war das dritte Mal in den letzten Jahren im Hotel Pfänder in Bregenz abgestiegen. Nachdem ihm bei seinem letzten Besuch auf deutscher Seite der Kripo-Beamte noch mit „Sanktionen" gedroht hatte, beschloss er, ab sofort nur noch in Österreich zu verweilen. Auch er hatte den Prozess in Kempten live vor wenigen Stunden verfolgt und hatte sich unbemerkt unter die Besucher mischen können. Er trug seit zwei Wochen einen kleinen Oberlippenbart, setzte sich eine Brille und Hut auf, und war dadurch niemandem aufgefallen. Und fast wie von ihm vermutet, kam Erding auch diesmal glimpflich weg. Bei ähnlichem Vergehen in Frankreich hätte er mindestens fünf bis acht Jahre hinter Gittern verbracht und lebenslanges Berufsverbot bekommen. Er saß im Hotel-Restaurant in Hafennähe von Bregenz, sah auf die Silhouette von Lindau, mit dem mächtigen Bayerischen Löwen als Wahrzeichen der Inselstadt. Das Hotel Pfänder befand sich auf einer Anhöhe, nur fünfhundert Meter Luftlinie von der Pfänderbahn entfernt, und man genoss einen schönen Ausblick auf den Bodensee, die umliegenden Berge sowie auf Lindau mit dem Ortsteil Bad Schachen. Es war neunzehn Uhr dreißig, und er saß wie fünfzehn andere Hotelgäste beim Abendessen.

„Herr Bamberg?", sprach ihn zehn Minuten später ein

junger Mann von Mitte zwanzig an, der plötzlich vor seinem Tisch stand.

„Ja, sind Sie der Sebastian?"

„Ja, angenehm", antwortete der junge Mann, der bestimmt eins neunzig war und ihm die Hand reichte.

„Setzen Sie sich", erwiderte Bamberg und machte eine Handbewegung auf den Stuhl neben ihm. Er winkte den Kellner und fragte Sebastian: „Was möchten Sie trinken?"

„Ein Bitter Lemon bitte."

„Und für mich bitte noch ein Glas Rotwein", sagte Bamberg und drückte dem Kellner sein leeres Glas in die Hand.

„Gerne, meine Herren. Sonst noch was?"

„Möchten Sie was essen, Sebastian?"

„Nein danke."

„Bringen Sie trotzdem noch eine kleine Schale Pistazien, die sind sehr gut für Herz und Hirn."

„Sehr wohl." Der Kellner mochte Andre Bamberg sehr gerne, da er nicht nur immer freundlich, sondern auch sehr großzügig mit dem Trinkgeld war.

„Freut mich, dass Sie gekommen sind, Sebastian. Ihre Schwester hat Ihnen erzählt, um was es geht?"

„Ja, so ungefähr."

„Sie arbeiten als Zimmerer bei der Firma Bentele?"

„Korrekt. Aber zurzeit haben wir Kurzarbeit, da hab ich genügend Zeit."

„Wunderbar. Ich erklär Ihnen, was Sie tun müssen, es ist eine relativ einfache Aufgabe."

„Meine Schwester erzählte was von Beobachten und Überwachen?"

„Richtig. Ich möchte nur, dass Sie die nächsten Wochen Doktor Erding ein wenig beobachten. Ich bin mir ziemlich sicher, er wird hier aufgrund des Prozesses und des ganzen Rummels bald das Weite suchen."

„Dürfte kein Problem sein. Ich habe viele Freunde, auch einen bei der Stadt Lindau, die können mich mit Informationen versorgen."

„Prima. Ich möchte wissen, wo sich Erding täglich aufhält, ob er sein Haus aufgibt, an wen er seine Praxis verkauft, und jetzt kommt das Heikelste, mit wem er sich trifft!"

„Sie meinen privat, Frauen und äh ... Ähnliches?"

„Genau. Der Drecksack lässt bestimmt nicht von jungen Mädchen ab. Außerdem bin ich mir sicher, dass er weiterarbeiten wird in seinem Beruf."

„Trotz des Berufsverbots?"

„Ich schließe jede Wette ab, dass er weiter als Arzt tätig sein wird. Solch skrupellose Typen wie ihn interessieren keine Verbote und Gesetze, die machen sie sich selber."

„Nur, das hat natürlich alles seine Grenzen. Ich kann ihn nur überwachen hier in unmittelbarer Umgebung, sagen wir mal im Radius von zwanzig Kilometern. Ich kann ihm nicht hinterherfahren, wenn er nach München oder noch weiter weg fährt."

„Verständlich. Konzentrieren Sie sich auf den Landkreis hier. Ich bin überzeugt, dass er entweder nach Österreich zieht oder vielleicht in eine Gemeinde hier in der Nähe. Falls nicht, spür ich ihn trotzdem auf."

„Und was bekomm ich?"

„Ich kann Ihnen natürlich nicht das gleiche Honorar geben wie einem Privatdetektiv, der dies rund um die Uhr macht. Es reicht, wenn Sie der Aufgabe vielleicht täglich ein bis zwei Stunden Zeit widmen."

„Ja, das ist realistisch und machbar."

„Wunderbar. Ich gebe Ihnen jetzt einhundert Mark und in vier Wochen nochmal siebenhundert. Ist das okay?"

„Danke. Passt. Ich leg morgen gleich los. Bei Bedarf mach ich auch Fotos und maile sie Ihnen."

„Super. Und richten Sie Ihrer Schwester Alexandra noch liebe Grüße von mir aus."

„Klar, mach ich." Er hob sein Glas: „Na denn, prost!"

37. Kapitel

Toulouse (Frankreich). Drei Tage danach.

Auf Druck der französischen Medien – unter anderem hatte „Le Figaro" einen großen Artikel veröffentlicht – veranlasste der Generalstaatsanwalt von Paris, in den Ländern des „Schengener Raums" die Personenbeschreibung von Dr. Erding zu verbreiten, für den Fall, dass dieser die Bundesrepublik Deutschland verlassen sollte. Es wurde durch Interpol ein internationaler Haftbefehl erlassen, der auf weitere Länder ausgedehnt wurde, besonders auf die Grenzländer von Deutschland.

Bamberg saß beim Frühstück und war zufrieden. Ein Privatdetektiv hätte ihn ungefähr das Zehnfache gekostet als das, was er Sebastian gab. Sicher konnte der fünfundzwanzigjährige junge Mann nicht das Gleiche bewerkstelligen, aber wie er von Alexandra wusste, war ihr Bruder sehr clever und kannte „Gott und die Welt", und das war gerade bei solchen Aufgaben immer von Vorteil. So konnten ihn auch andere informieren und auf dem Laufenden halten. Für Bamberg war nur wichtig, wohin Erding umziehen könnte, und was er machen würde, wenn er die Praxis aufgab und verkaufte.

In dem Dorf, wo er sieben Kilometer von Toulouse entfernt wohnte, war der Prozess gestern in Deutschland auch mit großem Interesse verfolgt worden. So war es nicht verwunderlich, dass er häufig auf den Fall und seine Besuche in Deutschland angesprochen wurde.

Als er am Abend vor dem Fernseher saß, läutete es an seiner Haustür. Es war Pierre Richard, sein glatzköpfiger Nachbar, der ihn schon häufig besuchte hatte. Er war Ende fünfzig und hatte tiefe Furchen in seinem Gesicht, die ihn älter erscheinen ließen, als er tatsächlich war.

„Hallo Andre, hast du kurz Zeit?"

„Für dich immer, Pierre, komm rein." Er folgte ihm in sein Wohnzimmer, das mit älteren, nostalgischen Möbeln bestückt war. Nicht weil Bamberg geizig war oder kein Geld hatte, sondern weil er alte Möbel, die gut erhalten waren, liebte.

„Was möchtest du trinken?"

„Heute nur ein dunkles Bier."

Bamberg holte zwei Flaschen aus dem Kühlschrank und stellte sie auf den Wohnzimmertisch. Da sie schon öfter gemeinsam zusammengesessen hatten, verzichteten sie wie gewöhnlich auf Gläser und stießen mit den Flaschen an.

„Was führt dich zu mir, Pierre? Hat dich Anna heute wieder genervt?"

„Nein, ausnahmsweise mal nicht. Ich bin aus einem anderen Grund hier. Wir haben vor ein paar Tagen im Fernseher den Prozess in Lindau verfolgt."

„Und? Was sagst du dazu?"

„Meine Meinung über die Deutschen war in der Vergangenheit gar nicht so schlecht wie deine. Aber seit das mit Kalinka und diesem Monster-Arzt passiert ist, zweifle ich auch an dem Rechtsstaat Deutschland. Also, nicht nur ich, sondern auch die meisten anderen bei uns im Dorf, die sich für den Fall interessieren."

„Gott sei Dank, dann bin ich nicht der Einzige, der so über die Deutschen denkt."

„Na ja, die Deutschen sind vielleicht gar nicht so schlecht, also ich meine der Normalbürger, aber es sind die ‚ganz oben', wenn du verstehst, was ich meine?"

„Du meinst die, die die Gesetze machen und in der Verantwortung sind? Die Politiker und Behörden, sozusagen?"

„Korrekt. Du hast es exakt auf den Punkt gebracht."

„Wahrscheinlich hätte ein Staat wie Belgien oder die Schweiz das Schwein schon längst ausgeliefert, nur die Deutschen tun es nicht. Das stinkt doch gewaltig zum Himmel."

„Das sag ich schon seit Jahren, es hat seine Gründe, warum ich die Deutschen noch nie besonders leiden konnte. Aber mit einigen musste ich mich in Lindau leider schon arrangieren, sonst komm ich auch nicht weiter."

„Das ist es ja, Andre. Du bist nahezu als Einzelkämpfer unterwegs, und das hältst du dauerhaft vielleicht nicht durch. Deshalb haben wir in der Dorfgemeinschaft beschlossen, dich zu unterstützen, dass du nicht eines Tages ‚aufgefressen' wirst von den hohen Kosten, die du all die Jahre schon hast. Und vielleicht dauert das Ganze ja noch einige Jahre, du hast schon fünfstellige Beträge ausgegeben."

„Und wie habt ihr euch die Hilfe vorgestellt?"

„Wir haben einen Verein gegründet. Und du weißt ja, dieses Internet gewinnt immer mehr an Bedeutung, deshalb hat Pasquale, dieser Computerfreak, eine Homepage kreiert."

„Wie heißt die?"

„Justice pour Kalinka" (Gerechtigkeit für Kalinka).

„Das ist ja unglaublich, Pierre. Einfach fantastisch."

„Finden wir auch. Und dieser Verein wird dich nicht nur moralisch unterstützen, sondern auch finanziell. Jedes Vereinsmitglied zahlt, wie in anderen Vereinen auch, einen jährlichen Beitrag, in unserem Fall hundert Franc. Und seit Gründung vor einigen Tagen sind bereits siebzig der achthundert Dorfbewohner beigetreten. Und es kommen bestimmt noch viele dazu. Du weißt, wie sehr wir alle deine Kalinka mochten, und ich bin überzeugt, dass in einem Monat, wenn es alle wissen, mehr als die Hälfte des Dorfes Mitglieder sein werden."

„Pierre, das werde ich euch nie vergessen."

„Und die Homepage ist auch seit gestern im Netz. Pasquale hat sie hochgeladen, schau sie doch später mal an."

Als Pierre Richard eine Stunde später ging, schaltete Andre Bamberg den Computer in seinem Büro an und las, was auf der Startseite der Homepage stand:

Es war im Jahr 1992, lange bevor das Phänomen der Pädophilie mit all seinen dunklen Seiten bekannt wurde.

Kalinka Bamberg wohnte in Pechebusque, bei Toulouse in Südfrankreich. Wir Dorfbewohner sahen Kalinka oft draußen vorbeigehen: ein großes, schlankes, blondes und hübsches Mädchen. An einem traurigen Tag im Jahr 1982 sind wir auf ihre Beerdigung gegangen und haben ihr Grab mit weißen Blumen bis zu den anderen Gräbern hinüber bedeckt. Erstaunt und schockiert erfuhren wir, sie sei in Deutschland bei ihrem Stiefvater gestorben, einem Arzt, der ihr eine Spritze verabreicht hatte, angeblich um ihre Hautbräunung zu fördern. Kurze Zeit später bekam ihr leiblicher Vater, Andre Bamberg, einen merkwürdigen Autopsie-Bericht aus Deutschland. Im Lichte dieses zusammenhanglosen und lückenhaften Textes kam eine andere schreckliche Version auf, diejenige nämlich eines vierzehnjährigen Mädchens, das vergewaltigt wurde und das infolge der Spritze, die ihm sein Stiefvater Doktor Dieter Erding injizierte, gestorben ist.

Die weiteren Seiten der Homepage las Andre Bamberg erst am nächsten Tag, weil ihm beim Lesen des Textes immer wieder die Augen tränten.

38. Kapitel

31. Januar 2000, Bregenz (Österreich).

Dieter Erding war auf dem Weg von Lindau nach Bregenz. Er musste auf seiner Raiffeisenbank in Österreich noch eine Abhebung und Überweisung tätigen und fuhr wie so oft in den letzten Jahren über die Grenze. Später würde er dann über den Ort Eichenberg zum vierhundert Meter höher gelegenen Kurort Scheidegg fahren, seinem Wohnort seit knapp drei Jahren. Täglich fuhren Tausende von Autos diese Strecke, nicht weil sie alle Touristen waren, sondern weil sie Berufspendler waren oder auch nur zum Einkaufen fuhren. Bis auf wenige einheimische Produkte waren die Waren in Deutschland für Schweizer und Österreicher meistens billiger, aufgrund des geringeren Mehrwertsteuer-Satzes in der Bundesrepublik. Erding war die Strecke von Lindau nach Bregenz schon Hunderte Male gefahren, auch schon bevor er in Scheidegg wohnte. Er war heute alles andere als gut gelaunt, war er doch das erste Mal seit achtzehn Jahren nicht von Professor Dr. Mang auf einer seiner beliebten Partys auf sein Schweizer Anwesen eingeladen worden. Auch bei dessen Erweiterung der Bodenseeklinik in Lindau vor drei Jahren hatte er keine Einladung mehr von Mang erhalten. Na, dem würde er aber was erzählen, sollte er ihm wieder mal über den Weg laufen.

Als er mit seinem knallroten Porsche Richtung Grenze fuhr, war er überrascht, dass wieder einige Zöllner kontrollierten.

Das hatte die letzten Jahre aufgrund des Schengener Abkommens immer mehr nachgelassen. Meistens gab es nur noch versteckte Schleierfahndungen. Die meisten Zollbeamten, sowohl auf deutscher wie österreichischer Seite, kannten ihn, nicht nur aufgrund seines auffälligen Autos. Als er die deutsche Grenze passierte, waren es noch knapp vierzig Meter bis zur österreichischen Grenze. Meistens saß nur ein Zollbeamter in seinem kleinen Glashäuschen und winkte durch, aber heut um neun Uhr vormittags standen glatt zwei Beamte in ihren schicken Uniformen bei der Kälte draußen. War was passiert? Suchten sie jemanden per Fahndung? In den Nachrichten hatte er zumindest nichts gehört. Einen der beiden Zöllner, die ihm jetzt signalisierten anzuhalten, kannte er, weil er auffallend groß war und rötlich-blondes Jahr hatte. Fast wie Boris Becker, nur zehn Jahre älter.

Er betätigte den elektrischen Fensterheber und ließ die Scheibe runter. „Guten Morgen, die Herren", fragte er höflich, „ist was passiert?"

„Dr. Dieter Erding?"

„Natürlich. Sie kennen mich doch schon seit Jahren. Wir haben uns doch auch in der Meersburg-Therme schon gesehen, in der Sauna. Sie haben doch diese reizende rothaarige Tochter!"

„Mag sein", sagte das „Becker-Double fast mürrisch, als ob es ihm unangenehm wäre. „Fahren Sie bitte rechts ran an unser großes Zollhaus."

„Warum, wollen Sie meinen Wagen durchsuchen? Ich habe nichts zu verzollen."

„Fahren Sie rechts ran, der Kollege Schmidele erklärt es Ihnen gleich."

„Na gut."

Er fuhr an das flache, größere Grenzgebäude, wo mehrere Zöllner drin saßen und Karten spielten. Er stieg aus und wurde von Schmidele gemustert, als ob er ihn durchsuchen wollte. Der Zollbeamte war fast einen Kopf kleiner als sein Kollege und trug einen mächtigen Schnauzer, dessen Haare fast bis in seinen Mund wucherten.

„Hören Sie. Ich muss dringend auf meine Bank, um meine Stromrechnung zu überweisen", log er. „Ich bin schon seit acht Tagen in Verzug."

„Ihren Ausweis bitte."

Er griff in seine Jacke und streckte ihm den Ausweis vor die Nase. Dann kam ein weiterer Zollbeamter aus dem Gebäude, der eben noch telefoniert hatte.

„Folgen Sie uns bitte", sagte er, ohne ihn zu grüßen. Erding wusste, dass es keinen Sinn machen würde, zu fragen, „warum", und folgte den beiden auf den rückseitigen Teil des Gebäudes. Einer lief vor ihm und der andere neben ihm. Sie betraten einen kleinen Raum mit höchstens zehn Quadratmetern, in dem ein Tisch, zwei Stühle und ein Bett standen.

„Setzen Sie sich."

Er setzte sich auf einen der beiden Holzstühle und Schmidele setzte sich ihm gegenüber. Der andere Kollege stand an der Tür, als wolle er einen eventuellen

Fluchtversuch verhindern.

„Was soll der Zirkus? Warum sind wir in den Raum hier gegangen?"

„Sie sind vorläufig festgenommen, Herr Erding!"

„Das soll wohl ein Witz sein. Weshalb?"

„Weil ein Haftbefehl vorliegt."

„Von wem?"

„Von Interpol, Sie werden international gesucht."

„Und wer hat den Haftbefehl beantragt?"

„Frankreich."

„Mein Gott, die schon wieder. Der ist gar nicht rechtskräftig, ich wurde aufgrund dessen in Deutschland schon freigesprochen. Und deshalb wurde ich auch nie ausgeliefert."

„Mag sein, aber wir sind nicht in Deutschland, sondern in Österreich. Bei uns zählt ihr deutsches Urteil nicht. Es besteht Fluchtgefahr bei Ihnen."

„So einen Quatsch habe ich ja noch nie gehört. Ich fahre seit 1977 hier ständig über die Grenze. Ich war auf dem Weg zu meiner Bank, und danach wollte ich heimfahren, meine Sporttasche holen und zum Schwimmen gehen."

„Glaub ich Ihnen, aber Vorschrift ist Vorschrift. Sie bleiben vorerst hier."

„Was?", knurrte er entrüstet. „Wie lange?"

„Bis die Umstände geklärt sind. Kann sein, das dauert zwei

Stunden, vielleicht aber auch zwei Wochen."

„Na toll, und ich hab nicht mal eine Zahnbürste und einen Schlafanzug dabei. Rein gar nichts."

„Macht nichts. Kriegen Sie alles hier. Der Kollege bringt Ihnen alles Notwendige hier rein."

„Kriege ich auch was zum Essen?"

„Selbstverständlich, bei uns ist noch keiner verhungert."

„Was für ein Trost."

Der Beamte stand auf und ging zu seinem Kollegen an die Tür.

„Halt, warten Sie", rief Erding, bevor sie rausgingen.

„Ja?", fragte Schmidele. „Benötigen Sie noch was?"

„Bringen Sie mir bitte noch was aus dem Auto?"

„Ja, was denn?"

„Auf dem Beifahrersitz liegt mein Nokia-Handy. Telefonieren ist hier ja wohl erlaubt, oder?"

„Klar doch. Sie kriegen es dann gleich. Der Kollege bringt Ihnen auch noch was zum Lesen und einen Fernseher."

„Danke, sehr liebenswürdig", antwortete er und versuchte, nicht spöttisch zu klingen. Er benötigte sein Handy, um seinen Anwalt schnellstmöglich zu kontaktieren. Er war sich sicher, dass er hier nicht lange blieb.

Nachdem Erding in Österreich festgenommen wurde,

verlangte Frankreich seine Auslieferung. Entgegen der Bestimmungen der europäischen Auslieferungskonvention kam Österreich dem aber nicht nach. Frankreich protestierte nicht, trotz der mündlichen Versprechen, die die französische Justizministerin E. Guigon an Andre Bamberg gegeben hatte.

Am 2.2.2000 wurde Erding wieder freigelassen.

Als er am frühen Morgen des 2. Februars bei eisiger Kälte zu seinem Porsche lief, hatte er ein gequältes Grinsen in seinem Gesicht, und eine Schweißperle lief seine Stirn herunter. Nach hundert Meter Fahrt beruhigte sich sein Blutdruck, und er wischte sich mit dem Unterarm seine Stirn ab.

Glück für ihn, dass die eifrigen Zollbeamten seinen Wagen nicht durchsucht hatten. Sonst hätten Sie vielleicht unter seinem Beifahrersitz die 74.000 DM entdeckt, die er zehn Minuten später auf die österreichische Raiffeisenbank brachte. Wahrscheinlich wäre er in Erklärungsnot geraten, denn wie hätte er den Österreichern begreiflich machen können, dass das Schwarzgeld aus illegalen Behandlungen in Deutschland stammte?

39. Kapitel

18. Januar 2002, Toulouse (Frankreich).

Andre Bamberg war schockiert, als er vernahm, dass Frankreich aufgrund eines „falsch" geführten Prozesses 100.000 Euro an Doktor Dieter Erding zahlen musste. Aufgrund der Euro-Einführung 2001 wurde die Summe kurzerhand vom Europäischen Gerichtshof von Franc in Euro umgewandelt.

Er forderte die französische Justizministerin auf, gegen dieses Urteil in Revision zu gehen und auf keinen Fall das Geld an Erding zu zahlen.

Er wies daraufhin, dass Erding bis dato die Summe nie gezahlt hatte, die ihm das Schwurgericht in Paris als Entschädigung gegenüber Bamberg auferlegt hatte. Wenige Tage darauf wies das Pariser Landgericht jedoch Bambergs „Bitte" zurück und argumentierte: Die Verurteilung durch das Pariser Schwurgericht vom 13. März 1995 kann nicht mehr als rechtskräftig bezeichnet werden, weil es vom Europäischen Gerichtshof für Menschenrechte als unwirksam erklärt wurde und damit keine Gültigkeit mehr hatte.

Bamberg war konsterniert und beriet sich daraufhin mit seinem Anwalt und der Bürgerinitiative in seinem Wohnort.

40. Kapitel

2. April 2002, Toulouse (Frankreich)

Trotz der zahlreichen Bitten von Bamberg und der Bürgerinitiative „Justice pour Kalinka" weigerte sich die französische Ministerin, Revision für den Prozess von 1995 einzulegen. Ihre Interpretation des Artikels 626-1 der Zivilprozessordnung war „zu eng", denn es bestand sehr wohl die Möglichkeit, Revision einzulegen. Bamberg und sein Anwalt nahmen erstaunlicherweise zur Kenntnis, dass Dr. Erding und seine Anwälte ebenfalls nicht Revision einlegten, sodass der Fall auf diese Weise in eine juristische „Sackgasse" gelangte.

Vier Monate später (August).

Über eine (wie er glaubte) gute Quelle erhielt Bamberg Hinweise und erhob Anklage gegen unbekannt. Er beschuldigte, unter anderem, drei hohe französische Justizbeamte namentlich. In der Anklageschrift wurde ein Dokument zitiert, in dem Dr. Erdings Anwalt erklärte, dass die Pariser Staatsanwaltschaft ihm beteuert hatte, dass die Verurteilung durchgeführt werden würde. Die Anklage zeigte außerdem, dass die Fakten diese Aussage belegten. Die Kosten, die Bamberg für die aufwendigen Verfahren aus privater Tasche bisher bezahlte hatte, lagen mittlerweile bei über 40.000 Euro.

41. Kapitel

Mai/Juni 2003, Paris (Frankreich).

Andre Bamberg verstand die Welt nicht mehr, als er erfuhr, dass Frankreich den ganzen Fall wieder an die Bundesrepublik Deutschland zurückreichte!

10.6.:

Andre Bamberg war fassungslos. Aufgrund seiner Anklage, die er erhob, weigerte sich die Pariser Richterin fast völlig, eine Untersuchung einzuleiten. Sie betrachtete die meisten angeprangerten Fakten als „verjährte Delikte", obwohl die Korruption eines Justizbeamten ein nicht verjährbares Verbrechen ist. Ende Juni legte Bamberg gegen diese „Weigerung" erneut Berufung ein.

30.6.:

Bambergs Bemühungen hatten teilweise Erfolg. Seiner Berufung gab das Versailler Berufungsgericht recht. Zur gleichen Zeit beschloss die Kemptener Staatsanwaltschaft, dass es keinen Grund gab, gegen Dr. Erding Anklage zu erheben. Die Unterlagen und Fakten der französischen Ärzte und Gutachter wurden ignoriert.

42. Kapitel

Frankreich, 2004–2006.

Im Dezember (2. Dezember) 2004 beschloss die französische Staatsanwaltschaft, einen europäischen Haftbefehl gegen Dr. Dieter Erding zu beantragen. Der „Fall Kalinka" kam wieder ins Rollen.

2005–2006:

Wie ein Besessener kämpfte Andre Bamberg, um eine Wiederaufnahme des Verfahrens zu erreichen. Trotz intensiver Unterstützung mit der „Kalinka-Vereinigung" tat sich kaum etwas. Die Bundesrepublik Deutschland weigerte sich nach wie vor, Erding auszuliefern, weil sie den „Fall Kalinka" als erledigt betrachtete.

Zusätzlich erschwerte auch die französische Justiz Bambergs Bemühungen. Der zweite Richter, der sich um die Anklage kümmern sollte, weigerte sich, die meisten Untersuchungen durchführen zu lassen. Bambergs Berufungen wurden alle abgeschmettert.

Im französischen TV-Sender „France 2" beklagte sich Bamberg über die Fortsetzungsbemühungen der Justiz. In einem öffentlich-rechtlichen Programm brachte erstmals ein deutscher TV-Sender eine fünfundvierzigminütige Dokumentation des langwierigen Justiz-Dramas.

Bamberg verfolgte trotz der erschwerenden Umstände

weiter unentwegt die „Bemühungen" der Justiz und ließ sich nicht von seinem Gerechtigkeitsweg abbringen. Die viele Zeit und die exorbitanten Kosten, die er dafür aufbringen musste, konnten ihn nicht davon abhalten.

Am Ende des Jahres keimte ein neuer Hoffnungsschimmer auf, denn seinem Erzfeind in Deutschland unterlief ein fataler Fehler.

43. Kapitel

November 2006, Scheidegg (Deutschland).

Dr. Dieter Erding saß bequem an seinem Frühstückstisch und las die Westallgäuer Zeitung. Hier im westlicheren Teil des Allgäus, das auch schon zum Landkreis Lindau gehörte, hatte er es sich seit einigen Jahren gemütlich gemacht. Endlich auch mehr Sonne im Herbst als am ständig vernebelten Bodensee. Der Kurort Scheidegg zählte seit vielen Jahren zu den Gemeinden mit den meisten Sonnenstunden in Deutschland. Die Gemeinde zählt nur knapp über viertausendeinhundert Einwohner und ist ein staatlicher anerkannter Kneippkurort. Gerade richtig für Erding als „Rückzugsgebiet", obwohl ihn auch hier manche aufgrund diverser Zeitungsartikel kannten. Obwohl die Luft gut (heilklimatischer Kurort) und die Leute eigentlich ganz nett waren, fiel ihm manchmal die Decke auf den Kopf. Das lag zum einen daran, dass er seit dem „Vorfall" 1997 keine Praxis mehr betrieb, und zum anderen die Auswahl der Mädchen und Frauen (die für ihn infrage kamen) in Scheidegg leider sehr „bescheiden" war. Außerdem war er nicht mehr so lebhaft ins Partyleben integriert wie noch vor zwanzig oder dreißig Jahren. Seit Mitte der neunziger Jahre hielten sich auch die Einladungen „früherer Freunde" stark in Grenzen. Und seine letzte und vierte Ehe war auch schon wieder seit elf Jahren vorbei. Das Positivste daraus war seine Tochter Katja, mit der er einen guten Draht pflegte und die bei ihrer Mutter wohnte. Und jetzt mit einundsiebzig war er auch nicht mehr so begehrt wie während seiner „Sturm- und Drangzeit" zwischen zwanzig und fünfzig. Und dann erging es ihm wie vor wenigen Tagen in einer Cocktailbar in Scheidegg. Dort traf er abends an der Bar eine Mutter mit neunundvierzig, die mit ihrer siebzehnjährigen Tochter auf Kur war. Anfänglich hatte die gute Frau gedacht, Erding interessiere sich für sie, aber was sollte er mit so einem „alten Hafen", dachte er sich. Alt bin ich schon selber, mein „bester Freund" zwischen den Beinen reagiert nur noch auf „junges Gemüse", also ran an die junge Tochter. Aber da hatte er sich geschnitten.

Seine Avancen unterbrach die junge Sara gleich mit der Aussage: „Sagen Sie mal, schämen Sie sich nicht? Sie könnten mein Großvater sein! Suchen Sie sich doch eine Frau in Ihrem Alter."

Auch eine Einladung oder seine Erwiderung: „Nur ältere Männer wissen, wie's richtig geht", interessierte sie nicht. Dabei hätte er sie doch so gern auf einen Urlaub auf Ibiza eingeladen. Nicht einmal mit großzügigen Einladungen konnte er so ein „junges Ding" noch rumkriegen. Und dann noch das Höchste, als die Mutter der jungen Sara zum Lokalbetreiber sagte, so laut, dass er es hören konnte: „Sagen Sie mal, verkehren in Ihrem Lokal lauter so unverschämte alte Lustmolche wie der da?"

Dabei zeigten die beiden Frauen auf ihn, und er musste es sich später gefallen lassen, als der Besitzer der Bar auf ihn zuging und grimmig meinte: „Suchen Sie sich bitte Ihre Bekanntschaften zukünftig in einem anderen Lokal. Wie wär's in einem Seniorenheim?"

Da war dann „Schluss mit lustig". Er erkannte, dass er nicht mehr ganz so gefragt war wie früher, als er noch Arzt war, und die Leute ihn noch huldigten und vergötterten. Aber so änderten sich halt die Zeiten. Auch die „Götter in Weiß" waren im Alter nur noch Schnee von gestern.

Seine Gedanken kehrten wieder zurück, und er strich sich ein Honig-Brötchen auf seinem Tisch. Er blätterte den Kreisboten durch und studierte die „Stellen-Gesuche". Vielleicht bot sich ja ein junges Mädchen als Putzfrau an, das für ein paar Scheine an „mehr" interessiert war.

Gerade als er genüsslich ein Ei köpfte, klingelte es. Jetzt um halb zehn, wer wollte da was von ihm? Vielleicht ein Paket-Dienst? Obwohl, er hatte eigentlich nichts bestellt. Er zog sich seine Birkenstock-Sandalen an, die er am liebsten im Haus trug, und schlenderte zur Haustür. Als er öffnete, standen zwei uniformierte Polizisten vor ihm.

„Guten Morgen, die Herren. Wie kann ich Ihnen helfen?"

„Guten Morgen", antwortete der kleinere der beiden Männer. Beide waren zwischen Anfang und Mitte dreißig.

„Herr Dr. Dieter Erding?"

„In voller Pracht."

„Ziehen Sie sich bitte was an, wir müssen Sie mitnehmen?"

„Mitnehmen? Weshalb?"

„Packen Sie eine kleine Tasche mit Ihren wichtigsten Dingen. Sie werden vielleicht einige Tage nicht mehr zurückkommen."

Der Polizist griff in die Innentasche seiner Jacke und holte ein Blatt Papier hervor.

„Es liegt gegen Sie ein Haftbefehl vor!"

Erding zuckte zusammen, hatte sich aber gleich wieder gefangen.

„Kann ich meinen Anwalt noch anrufen?"

„Später. Mein Kollege begleitet Sie zum Packen und sagt Ihnen ihre Rechte. Rufen Sie Ihren Anwalt später an, wenn wir auf der Polizeistation sind."

Dr. Erding wurde nach einer von der Coburger Staatsanwaltschaft erhobenen Anklage wegen illegaler Medizinausübung verhaftet. Eine bundesweite Untersuchung erwies achtundzwanzig Fälle der illegalen Beschäftigung verschiedener Kliniken. Außerdem gab es mehrere Anzeigen wegen sexuellen Missbrauchs und Belästigung.

44. Kapitel

2007, Coburg (Deutschland).

Am 16. und 17. Juli fand in Coburg der Prozess gegen Dr. Dieter Erding statt. Er zeigte sich geständig, die Beweislast war erdrückend und die Fakten eindeutig belegbar.

Wegen Betrugs in 28 Fällen und illegaler Medizinausübung in 19 Fällen erging folgendes Urteil:

2 Jahre und 4 Monate Haft.

Der Vorwurf und die Anklage wegen sexuellen Missbrauchs wurde bei diesem Urteil nicht berücksichtigt. Erding nahm das Urteil ohne größere Gefühlsregung hin.

Oktober–Dezember in Frankreich:

Der dritte Richter, der mittlerweile für die Anklage von Andre Bamberg zuständig war, verhörte drei hohe Justizbeamte, die von Bamberg angeprangert wurden und beim Prozess 1995 mitverantwortlich waren. Alle drei behaupteten unentwegt, keinerlei Fehler begangen zu haben.

45. Kapitel

2008 in Deutschland und Frankreich.

18. April 2008, Paris (Frankreich).

Der französische Kassationsgerichtshof erteilte einen Rechtseinwand gegen das Urteil des Pariser Schwurgerichts aus dem Jahr 1995. In der Tat war Erding damals wegen vorsätzlicher Tötung angeklagt, aber wegen Körperverletzung mit Todesfolge verurteilt worden, ohne dass dieser ihm günstigere Wechsel begründet wurde.

10. Juni 2008, Kempten (Deutschland).

Nach achtzehn Monaten in Haft wird Dr. Erding vorzeitig entlassen. Die letzten Monate verbrachte er in der Justizvollzugsanstalt Kempten.

18. Juni 2008, Paris (Frankreich).

Im Justizministerium treffen sich Andre Bamberg und der Präsident der Bürgerinitiative zu einer Unterredung ohne konkretes Endergebnis.

10. Dezember 2008, Paris (Frankreich).

Der Kassationsgerichtshof in Paris erklärt das Urteil von 1995 für nichtig und beruft sich dabei auf die unbegründete Veränderung des Anklagegrundes im Laufe des Prozesses.

46. Kapitel

Juni 2009, Paris (Frankreich).

Im Falle des Bestechungsvorwurfes, den Andre Bamberg gegen mehrere Justizbeamte erhoben hatte, scheiterte er nach sieben Jahren. Im Juni wurde die Anklage gegen die drei Beamten eingestellt. Die Richterin meinte, dass keinerlei Bestechung nachgewiesen werden konnte. Dennoch erkannte sie an, dass es „Anomalien" gab, was die Ausführung der Strafe betraf. Sie erkannte weiter an, dass die Verbreitung der Haftbefehle erst dank Bambergs Initiative verbessert wurde. Andre Bamberg legte gegen diese für ihn „lasche Einstellung" Berufung ein.

Die Zeit drängte, es musste bald was geschehen.

47. Kapitel

9. Oktober 2009, Scheidegg/Bregenz (BRD/Austria).

Bregenz (Österreich), neun Uhr vormittags;
Bereits zum fünften Mal in den letzten zehn Jahren besuchte Andre Bamberg das Bregenzer Hotel „Steiger". Die Mitarbeiter, die dauerhaft und langjährig hier waren, kannten ihn fast alle. Nachdem ihn die Lindauer Polizei als „unerwünschte Person" klassifiziert hatte, beschloss er, lieber bei den österreichischen Nachbarn abzusteigen. Hier bekam er immer eine schicke Suite mit See- und Bergblick, und auch die angebotenen Wellness-Anwendungen taten ihm immer gut. Die „Überwachung" von Dieter Erding klappte ganz gut. Dessen Wohnort Scheidegg lag nur zehn Kilometer vom Hotel entfernt. Auch Alexandras Bruder hatte ihm die letzten Jahre immer wieder interessante Informationen zugespielt, wenn er wieder länger weg war. Die Leute hier waren nett, zuvorkommend und kannten aufgrund seiner vielen Erzählung sein Anliegen. Als er an diesem Morgen beim Frühstücken saß, war der See von einer gespenstischen Nebelglocke umgeben. Man konnte nur erahnen, dass sich dort der größte See Deutschlands befand. Die Lufttemperatur lag jetzt noch bei angenehmen achtzehn Grad. Elena, die zweiunddreißigjährige Ukrainerin, die seit vier Jahren im Hotel arbeitete, brachte ihm die Tageszeitung.

„Danke Elena, Sie sind ein Engel."

„Sonst alles recht, Herr Bamberg, soll ich noch etwas Kaffee bringen?"

„Nein danke, vier Tassen sind genug."

„Wie lange bleiben Sie denn diesmal?"

„Nur drei Tage, am Sonntagnachmittag fahr ich wieder heim."

„Was machen Sie denn an dem vernebelten Tag?"

„Ich wollte eigentlich zwei bis drei Stunden wandern. Glauben Sie, in der Höhe ist es sonnig?"

„Kann gut sein, das ist häufig so. Wissen Sie, wo Sie da am besten nachsehen?"

„Nein, wo?"

„Im Internet bei einer Web-Cam. Wo wollten Sie denn am liebsten hin?"

„Auf den Pfänderrücken, da gibt's einen Höhenweg Richtung Scheidegg. Später schau ich mir den Ort und ein Haus noch ein wenig an und fahr dann mit dem Bus zurück."

„Gute Idee, die Sicht von dem Pfänderturm ist oft überwältigend. Außer dem nebligen Bodensee sieht man bei guter Sicht über zweihundert Alpengipfel. Gehen Sie doch in unseren neuen ‚WLAN-Raum', dort können Sie die Rechner gratis nutzen, auch wenn Sie keinen eigenen Laptop dabeihaben."

„Spitzen Idee, Elena. Danke."

Fünfzehn Minuten später saß er an einem der vier Rechner des fünfzehn Quadratmeter großen Internetraums. Beim Blick von der Web-Cam der Pfänderbahn zeigte sich das sonnige Traumwetter auf 1064 Meter Höhe. Als er danach seine eigenen Mails abrufen wollte, betrat ein Mann das Zimmer. Es war Gregory, ein Bosnier, der seit zwei Jahren in der Küche half. Auch ihn kannte Bamberg vom Sehen, einmal im Sommer sah er ihn auch am Strand. Auch Gregory kannte die „Geschichte" von ihm und seiner jahrelangen Jagd nach Dr. Erding.

„Guten Morgen, Herr Bamberg. Auch wieder am schönen Bodensee trotz des frustrierenden Nebels?"

„Morgen. Na, man kann nicht immer Traumwetter erwarten. Aber eben sah ich, dass in höheren Lagen sonniges Wetter ist, und deshalb fahr ich der Sonne mit der Pfänderbahn entgegen."

„Was gibt's Neues mit ‚Ihrem' Fall?"

„Leider viel Ärger und alles läuft zähflüssig, aber ich gebe nicht auf, und wenn ich damit ins Grab gehe."

„Herr Bamberg, ich kenne Ihren Fall sehr gut und habe selber auch eine Tochter mit fünfzehn. Wenn Sie wollen, helfe ich Ihnen gern."

„Nett gemeint, aber wie wollen Sie denn helfen?"

„Es gibt nur eine Möglichkeit, wie das Schwein endlich seine Strafe kriegt, und das wissen Sie. Ihre vielen Besuche hier am Bodensee sind alle fruchtlos, wenn Sie nicht selbst handeln."

„Und was hätten Sie für einen Vorschlag?"

„Den Verbrecher dahin zu bringen, wo er endlich verurteilt werden kann."

„Sie meinen also verschleppen?"

„Ja, Sie wissen, dass sonst alles nichts bringt."

„Und wie soll das aussehen?"

„Nachdem der Mann nicht nach Frankreich kommt, holen wir ihn und liefern ihn dort ganz einfach ab."

„Sie alleine?"

„Nein, wir wären zu dritt. Dann kann nichts schiefgehen. Wir überfallen ihn daheim, schmeißen ihn in den Kofferraum, und ab damit in Ihr Heimatland."

Bamberg grübelte, aber der Mann hatte recht. Es gab keine andere Möglichkeit mehr, bald war die Strafe verjährt und er würde ihn nie mehr kriegen.

„Okay, klingt gut. Was wollen Sie dafür?"

„Nicht viel. 30.000 Euro, für jeden von uns zehn."

„Okay, das ist machbar."

„Gut, dann schlagen wir so schnell wie möglich zu."

„Wann?"

„Nächstes Wochenende!"

Bamberg kratzte sich am Kinn und sah den Mann an. Würde er ihm vertrauen können?

„Okay, zehn Prozent der Summe morgen früh nach dem

Frühstück, den Rest, wenn der Mann in Frankreich ist."

„Ja, okay. Sie dachten wir uns das auch."

„Und noch zwei Bedingungen, die von großer Bedeutung sind."

„Welche?"

„Wenn Sie euch schnappen sollten, habt ihr nicht aufgrund meiner Initiative gehandelt, sondern es rein freiwillig gemacht. Verstanden? Ihr seid auf mich zugekommen und ich habe euch nicht gesucht."

„Okay, keine Problem. Machen wir. Und die zweite Bedingung?"

„Behandelt ihn nicht brutal. Der Mann soll möglichst unversehrt in Frankreich ankommen. Ich will, dass er noch viele Jahre im Gefängnis schmort, trotz seiner vierundsiebzig Jahre."

„Abgemacht."

„Gut, dann sehen wir uns morgen früh an der Seepromenade gegen zehn Uhr, an der Schiffsanlegestelle. Wenn ihr ihn nächsten Samstag schnappt, checke ich im ‚Hilton' in Mühlhausen ein, wo ihr ihn vor dem Gericht rauswerft. Dann treffen wir uns Sonntagmittag um zwölf in meinem Hotelzimmer und es gibt den Rest."

„Einverstanden."

48. Kapitel

17. Oktober 2009, Mitternacht in Scheidegg (Deutschland).

„Wieder nix los hier, in dem scheiß verschlafenen Kuhdorf", schimpfte Dr. Erding, als er leicht angetrunken ein Lokal in der Dorfmitte verließ. Zuerst war er im benachbarten Lindenberg gewesen, dort wurden auch schon um Mitternacht die Bürgersteige hochgeklappt. Und dann musste er sich noch von einem dämlichen Jüngling dumm anmachen lassen, nur weil er dessen achtzehnjährige Freundin auf einen Drink einladen wollte.

„Alter, verzieh dich!", fauchte der junge Kerl ihn an und stellte sich drohend vor ihm auf. Keinen Anstand mehr die Jugend von heute. Er sehnte die siebziger und achtziger Jahre herbei, als die Leute ihn noch ehrfurchtsvoll behandelten, wenn sie erfuhren, dass er Arzt war. Die Zeit der großen Partys und Einladungen war schon längst vorbei, und jetzt mit vierundsiebzig verkümmerte er hier in diesem langweiligen kleinen Kaff. Dass er im Knast war, hatte sich auch bei einigen rumgesprochen, deshalb grüßten ihn auch manche nicht mehr, wenn er ihnen über den Weg lief. Und dann musste er sich noch Schläge androhen lassen, nur weil er die junge Auszubildende der Bäckerei ins Kino einladen wollte. Ihr Bruder rief ihn an und meinte, wenn er sie nicht in Ruhe ließe, würde er ein demoliertes Auto sowie Haus und Garten bei sich vorfinden, und zuletzt wäre dann er dran. Es war höchste Zeit, für immer zu verschwinden, in eine Stadt, wo ihn niemand kannte. Er stieg in seinen Porsche und fuhr zu seinem Anwesen, das circa eineinhalb Kilometer von der Ortsmitte von Scheidegg entfernt lag. Als er am Gartenzaun seines Hauses parkte, sah er, dass dort zehn Meter hinter ihm ein dunkler BMW stand. Das Fahrzeug war schon ein älteres Baujahr, das sah er sofort, trotz der spärlichen Beleuchtung der Straßenlaterne. Und wenn ihn seine Augen nicht täuschten, saß auch jemand hinter dem Steuer und stierte ihn an. Er stieg aus, und auf einmal stand zwei Meter vor ihm ein Mann mit gut eins neunzig und kurzgeschorenen blonden Haaren.

„Dr. Dieter Erding?", fragte der Mann in gebrochenem Deutsch.

„Kann sein, wer will das kurz nach Mitternacht hier noch wissen?"

„Ich und meine Kumpels."

„Was wollen Sie?"

„Dich mitnehmen!"

„Mitnehmen? Was soll der Scheiß?"

Auf einmal bemerkte er im Lichtkegel der Laterne, dass ein zweiter Mann sich unmittelbar hinter ihm befand. Er würde schon mit einem nicht fertig werden, aber zwei war völlig utopisch. Beide wirkten kräftig und waren noch keine vierzig.

„Also ein guter Ratschlag, Alter. Du steigst jetzt da hinten in den blauen BMW und machst keine Mätzchen, sonst gibt's was auf die Mütze, verstanden?"

Erding griff in die Innentasche seiner Jacke, und er fühlte sein Handy, wo er schnellstmöglich einen Notruf absetzen musste, bevor die Typen ernst machten.

„Und nimm deine Pfoten aus der Jacke, aber zügig!"

Die Ziffer eins hatte er schon getippt, als er auf einmal einen Schlag auf den Hinterkopf verspürte. Der Schlag war so heftig, dass seine Knie wacklig wurden und er einknickte. Der Mann hinter ihm fing ihn auf, sodass er nicht auf den Asphalt knallte. Trotz des stechenden Schmerzes war er noch nicht besinnungslos und öffnete seinen Mund, um einen Schrei auszustoßen. Der Mann vor ihm bemerkte das, und diesmal bekam er von der Vorderseite einen Faustschlag ins Gesicht. Der Knöchel des Mannes traf ihn zwischen Augenbraue und Stirn. Das war zu viel, er merkte, dass er kurz vor der Bewusstlosigkeit war. Wie aus weiter Ferne hörte er, wie einer der Männer rief: „Los, schmeißt ihn in den Kofferraum."

Er spürte noch den harten Aufprall, dann aber nichts mehr. Die Ungewissheit und die Schmerzen waren auf einmal weg, als er das Bewusstsein verlor, und die Männer eilig davonfuhren.

49. Kapitel

18. Oktober 2009, 8.30 Uhr. Mühlhausen (Frankreich).

„Hallo, wie geht's Ihnen?"

Erding spürte, wie ihn jemand leicht tätschelte im Gesicht und ihm ein Klebeband vom Mund abriss. Der brennende Schmerz an seinen Lippen brachte ihn wieder zu Bewusstsein, und er spürte auch die anderen Schmerzen an seinem Kopf, die sich überall verteilt hatten.

„Wo bin ich?", stammelte er mühsam. Der Mann sprach auf Französisch, was Erding aber keinerlei Mühe bereitete, trotz seiner fürchterlichen Kopfschmerzen.

„Sie sind in Mühlhausen im Elsass."

„Frankreich?"

„Korrekt. Sie sprechen erstaunlich gut unsere Sprache. Wie geht's Ihnen jetzt?"

„Beschissen, als hätte mir jemand mit dem Hammer auf den Schädel eingeschlagen."

„Es wird gleich ein Arzt kommen, der behandelt Sie."

„Wie lange liege ich schon hier? Wie spät ist es?"

„Es ist acht Uhr dreißig und Sie liegen seit maximal zehn Minuten hier. Ich hab dort drüben vor dem Fenster gesehen, wie ein BMW hielt und Sie hier ablud. Dann bin ich gleich raus und habe ihre Fesseln gelöst, als sie davonfuhren."

„Haben Sie das Kennzeichen notiert?"

„Nein, die waren völlig verdreckt."

Dann kamen zwei Fahrzeuge, ein Notarzt und ein Polizeiwagen, und hielten unmittelbar vor ihnen.

„Haben Sie auch die Polizei informiert?"

„Nein, nur den Notarzt."

Der junge Arzt, der ausstieg und sich zu ihm hinkniete, sah sich seine Verletzungen an und meinte: „Nichts Lebensgefährliches. Wahrscheinlich leichte Gehirnerschütterung", während die zwei Polizisten nur dastanden und zusahen.

„Kann er bei uns mitfahren?", fragte einer der beiden.

„Ja, kein Problem, ich lege ihm noch einen Verband an und gebe ihm ein Schmerzmittel."

„Wo bringen Sie mich hin?", fragte Erding und sah zu den Polizisten.

„Nach Paris in die Untersuchungshaft! Ihre netten Entführer haben uns schon erzählt, wer Sie sind und gleich nach dem ‚Abladen' angerufen."

„Das hat Andre Bamberg veranlasst, den könnt ihr auch gleich verhaften", schrie er erzürnt. Dann bekam er Handschellen und sie fuhren davon.

50. Kapitel

Am gleichen Tag. Hotel Hilton, Mühlhausen, 15.00 Uhr.

Andre Bamberg wusste per SMS von Gregory, dass die Aktion geklappt hatte. Ein unbeschreibliches Glücksgefühl durchströmte ihn, wie seit Jahrzehnten nicht mehr. Endlich konnte der verdammte Erding vor Gericht gestellt werden. Unglaubliche siebenundzwanzig Jahre hatte er auf diesen Augenblick warten müssen. Er sah aus seinem Hotelzimmer in den bewölkten Himmel von Mühlhausen und wartete auf Gregory und Victor, seinen Kumpan, der ihm mit einem dritten „Handlanger" geholfen hatte. Er genehmigte sich ein Glas Champagner und wartete auf die Männer. Dann kurz nach fünfzehn Uhr klopfte es und er öffnete die Tür. Es waren aber nicht die Entführer, sondern zwei uniformierte Polizisten, die ihn ansahen!

„Herr Andre Bamberg?"

„Korrekt, wie kann ich Ihnen helfen?"

„Sie werden Sich denken können, warum wir hier sind?"

„Nein, sagen Sie es mir."

„Ihre Komplizen habe wir schon verhaftet. Sie waren geständig und haben Sie als Auftraggeber genannt. Kommen Sie freiwillig mit oder müssen wir Ihnen Handschellen anlegen? Der entführte Erding wurde nach Paris gefahren."

„Natürlich freiwillig, meine Herren."

„Schön. Der Ordnung halber noch kurz Ihre Rechte und den Grund des Haftbefehles."

Einer las ihm die Rechte vor und sagte ihm, dass er gern seinen Anwalt anrufen könnte. Andre Bamberg informierte diesen und nahm noch hastig einen Schluck aus seiner halbvollen Champagnerflasche. Trotz der Verhaftung war ihm nach Feiern zumute.

Und „seinem" Urteil sah er gelassen entgegen. Der Vorwurf lautete:

Beauftragung einer Entführung, willkürliche Freiheitsberaubung, Körperverletzung und Bildung einer kriminellen Vereinigung.

51. Kapitel

November/Oktober 2009, Frankreich.

Am 20. Oktober wurde Andre Bamberg wieder freigelassen und unter gerichtliche Aufsicht gestellt.

Dr. Erding wurde in Paris inhaftiert. Das Urteil der Strafkammer des Einspruchgerichts von Paris, das Erding im Jahr 1993 für Totschlag schuldig erklärt hatte, wurde wieder gültig. Über Erding sollte in einem neuen Prozess wieder Recht gesprochen werden, diesmal in Anwesenheit von ihm und seinem Anwalt.

23. Oktober 2009:

Der deutsche Außenminister gibt seine Absicht bekannt, die Repatriierung von Dr. Erding zu erwirken.

27. Oktober 2009:

Gemäß der französischen Nachrichtenagentur (Agence France-Presse) hat das deutsche Justizministerium einen europäischen Haftbefehl gegen Andre Bamberg erlassen.

10. November 2009:

Die Strafkammer in Paris entscheidet über Erdings Einspruch gegen seine Haft. Er bleibt im Gefängnis. Erdings Anwälte legen Berufung beim Kassationsgericht ein.

52. Kapitel

Dezember 2009, Frankreich.

10. Dezember 2009:

Die Untersuchungskammer von Toulouse lehnt die Auslieferung von Bamberg nach Deutschland ab.

8./9. Dezember 2009:

Während einer Gegenüberstellung geben Andre Bamberg und einer der Entführer übereinstimmende Versionen der Ereignisse ab.

15. Dezember 2009:

Ein zweites Gesuch von Dieter Erding, diesmal aufgrund seiner gesundheitlichen Situation, wird vom Gericht abgelehnt.

53. Kapitel

2011/2012 Frankreich.

29. März–4. April 2011:

Nach mehreren erfolglosen Gesuchen von Erding und seinen Anwälten begann der Prozess am Geschworenengericht in Paris. Kurz nach seinem Beginn musste der Prozess abgebrochen werden, da Erding angeblich an Herzbeschwerden litt. Als neuer Termin wurde der Oktober im gleichen Jahr festgesetzt.

4. Oktober–22. Oktober 2011:

Der Prozess konnte diesmal bis zum Ende durchgeführt werden. Erding wurde wegen vorsätzlicher Körperverletzung mit Todesfolge an einer Minderjährigen, die unter seiner Vormundschaft stand, für schuldig befunden. Aufgrund seines fortgeschrittenen Alters wird er anstelle der im französischen Recht vorgesehenen 30 Jahre nur zu 15 Jahren Haftstrafe verurteilt. Eine Woche nach dem Urteil legt er mit seinen Anwälten Widerspruch ein.

54. Kapitel

2012, Paris (Frankreich).

27. November–20. Dezember 2012:

Dr. Erdings Einspruch fand am Geschworenengericht des Bezirks „Valde-Marne" in Creteil, nahe Paris statt. Das Urteil bestätigte das Gleiche, was in erster Instanz bereits gesprochen wurde. Dr. Erding hatte sofort nach dem Urteil wieder Einspruch beim französischen Kassationsgericht eingelegt, das aber kurz darauf abgewiesen wurde.

Dr. Erdings jüngste Tochter beklagte sich nach einem Besuch im Gefängnis über die mangelnde Unterstützung der deutschen Politik und den schlechten Zustand ihres Vaters in der Haft. Sie äußerte, dass ihr Vater von einigen Mitinsassen schlecht behandelt und angeblich gequält wurde. Selbiges offenbarte sie auch auf einer Homepage, die aufgrund der Haft ihres Vaters ins Netz gestellt wurde. Dort beklagte sie ferner die einseitige Beurteilung und die Darstellung ihres „guten" Vaters.

55. Kapitel

Sommer 2014, Toulouse (Frankreich).

Andre Bamberg war glücklich und zufrieden. Er saß auf der Terrasse seines Hauses und trank einen Schluck Weißwein. Vor einer Stunde hatte er einen Anruf erhalten, von einem Produzenten, der ihn fragte, ob er sich eine Verfilmung des jahrzehntelangen Dramas fürs Kino vorstellen könnte. Nach Abklären der Konditionen stimmte er zu. Somit waren seine Kosten bei weitem wieder gedeckt, die ein halbes Vermögen verschlungen hatten.

Einen Monat zuvor, am 18. Juni 2014, musste er sich vor dem Gericht in Mühlhausen aufgrund der Entführung von Dr. Dieter Erding verantworten. Das milde Urteil nahm er lächelnd zur Kenntnis. Er wurde zu einer Haftstrafe mit einem Jahr auf Bewährung verurteilt.

November 2014:

Dr. Dieter Erding war verzweifelt. Er saß in seiner Gefängniszelle und glaubte, seine Anwälte wären zu schlecht, weil er nicht in Freiheit kam. Sämtliche Gesuche, Einsprüche und Klagen von ihnen wurden abgeschmettert. Auch am 19. November brach für ihn eine Welt zusammen; an diesem Tag erfuhr er, dass das Gericht in Melun die verbleibende Mindesthaftdauer von zweieinhalb Jahren nicht streichen wollte. Das wäre die primäre

Mindestvoraussetzung gewesen, um eine kürzere Haftdauer zu bekommen. Wenn er nicht vorzeitig aus der Haft entlassen werden sollte, würde er somit, falls er es überleben sollte, als einundneunzigjähriger Greis das Gefängnis verlassen.

Mehrere Nachrichtenmagazine in Deutschland verkündeten dies sofort, wie auch der Nachrichtensender „NTV", der dies stundenlang in seinen Nachrichtensendungen verlas und über seinen Nachrichtenticker laufen ließ.

In Frankreich wurde Andre Bamberg fast wie ein Nationalheld frenetisch gefeiert, für die Beharrlichkeit und Energie, diesen Mann über so viele Jahre endlich seiner gerechten Strafe zugeführt zu haben.

NACHWORT DES AUTORS

Für mich als Autor selbst war es eine große Herausforderung, diesen Fall, den ich selbst über die ganze Zeit verfolgt hatte, aufs Papier zu bringen. Viele werden sich fragen, warum nicht die realen Namen des Geschehens verwendet wurden. Außer auf „Kalinka" und die Vornamen ihrer leiblichen Familie verzichtete ich aber darauf. Das hat zum einen den Grund der zu schützenden Privatsphäre der beteiligten Personen, aber auch rechtliche Gründe.

Ich möchte darauf hinweisen, dass ein kleiner Teil der hier aufgeführten Geschichte fiktiv ist. Keiner, außer Dr. Dieter … selbst, weiß, wie die Todesnacht von Kalinka wirklich abgelaufen ist. Aufgrund diverser Aussagen gibt es hier widersprüchliche Angaben, die deshalb nicht sicher sind. Manche Beteiligte der Geschehnisse sind auch mittlerweile verstorben, das betrifft auch Mediziner und Polizisten, die damals mit dem Fall zu tun hatten.

Auch möchte ich betonen, dass die Filmfassung nichts mit diesem Buch zu tun hat. Die Drehbuchautoren haben ihre eigene Story und werden vermutlich einige Abläufe in „ihrem Sinn" verfilmt haben. Die Chronologie der realen Ereignisse ist jedoch auch für alle im Internet weitestgehend nachzulesen. Eine Beteiligte, die missbraucht wurde, habe ich persönlich in Lindau gesprochen.

Vom gleichen Autor ist bisher erschienen:

SPURLOS (2014)

HÖLLENTRIP NACH PRAG (2014)

TEUFEL IM KOPF (2014)

ZÜRICH AUßER KONTROLLE (ab 11/2015)

ZAUBERHAFTE BERGSEEN (v.Wolfgang Hiller 8/2015)

Danksagung

… an alle, die mich dazu ermutigt haben, diesen Roman zu schreiben. Und an die Dame, die mir das, was ihr passierte, so detailliert schilderte. Möge auch sie ein gesundes und glückliches Leben führen.

Widmungen